AF580486

JUSTI EL BALA

ExLibric

PEDRO AGUILERA

JUSTI EL BALA

EXLIBRIC
ANTEQUERA 2023

JUSTI EL BALA

Diseño de portada: Dpto. de Diseño Gráfico Exlibric

Iª edición

Editado por: ExLibric
c/ Cueva de Viera, 2, Local 3
Centro Negocios CADI
29200 Antequera (Málaga)
Teléfono: 952 70 60 04
Fax: 952 84 55 03
Correo electrónico: exlibric@exlibric.com
Internet: www.exlibric.com

ISBN: 978-84-19827-31-9
Depósito Legal: MA 819-2023

Nota de la editorial: ExLibric pertenece a Innovación y Cualificación S. L.

PEDRO AGUILERA

JUSTI EL BALA

El 20 de junio de 1970 nació en el Cortijo Raimundo de Jaén Justiniano Ruiz Pérez, hijo del encargado del cortijo, José Ruiz Blanco. El cortijo tenía sobre todo olivos, de dos mil a dos mil quinientos, y también tenía unos pocos cerros con campos de retamas, aulagas y tomillos en unas cuantas hectáreas de monte. El dueño, don Raimundo, iba y venía al cortijo. Este ricachón tenía otros pocos cortijos en Jaén, Granada y Málaga, e iba de uno a otro de vez en cuando a dar vueltas para ver cómo iba todo.

Raimundo era un hombre bueno, miraba por sus trabajadores, le gustaba mucho la cacería menor y mayor y tenía varios cotos de su propiedad. Este hombre venía de una estirpe de terratenientes de los de antes. Raimundo heredó todo lo que tenía de su padre, que nació en Granada, en un cortijo con un buen olivar que tenía su padre —también llamado Raimundo— por el pantano de Cubillas.

Raimundo padre murió a los ochenta y seis años, ya de viejo. Se acostó una noche y no se le notaba nada raro, pero a la mañana siguiente, cuando se quisieron dar cuenta, estaba más tieso que un ajo. Raimundo padre tenía a su mujer, Antonia. Ellos dormían ya aparte porque Raimundo así lo quería.

La mañana que se lo encontraron muerto, la mujer se levantó y, como todos los días, se fue al baño a lavarse la cara y peinarse, y luego fue a la cocina a preparar el desayuno. Cuando ya tenía todo preparado, dijo: «Voy a llamar a mi marido», y cuando llegó a la cama de Raimundo lo vio como dormido, de lado y arropado, porque era el mes de enero. Su mujer le decía: «Raimundo, levántate, venga, que vamos a desayunar», y él no se movía. Ella no paraba de repetirle que se levantara y nada, no se movía. Entonces a ella le pareció raro que no le contestara. Se acercó a la cama, lo tocó y se dio cuenta de que estaba tieso, lo tocó otra vez y ya vio que estaba muerto. Se quedó parada, no sabía qué hacer, se quedó unos segundos asustada hasta que ya reaccionó y se dijo: «Se ha muerto. Al menos no ha sufrido, se acostó anoche bien y hoy ya no está con nosotros».

Llamó a su hijo Raimundo, que vivía con ellos en el Cortijo de los Olivos. Su hijo, que dormía en una habitación cerca de la de su padre, se despertó y lo vio allí muerto. Él pensó lo mismo que su madre, que por lo menos no había sufrido su muerte para irse al otro barrio, que le había llegado su hora y que la vida era así.

Salieron los dos del dormitorio y Raimundo fue a llamar por teléfono a la funeraria. Le dijeron que ellos se harían cargo de todo. Vino un forense y dictaminó que le había dado un paro cardiaco y fue fulminante, no se enteró el hombre de nada. Se lo llevaron a la funeraria, lo prepararon y lo llevaron a su velatorio. Avisaron a la familia de que ya estaba todo listo, que podían ir a velarlo. Fueron su mujer, Antonia, su hijo Raimundo y los familiares que tenía en Granada y Jaén. Lo velaron y al otro día lo enterraron en un panteón familiar en el cementerio de Granada.

La viuda, Antonia, se fue al Cortijo de los Olivos con su hijo a seguir con la vida. Raimundo tenía entonces sesenta años y su madre ochenta y cinco, pero estaba muy bien la mujer para su edad, y es que tenía naturaleza de las de antes, fuerte.

Raimundo estaba casado con Leonor y tenían dos hijos, un varón y una niña. El varón se llamaba Andrés y la hija Sofía. Se llevaban tres años. A Andrés le gustaba la caza, como a su padre, y es que antes, entre los ricachones, eso se estilaba mucho, lo de ir de cacería y cobrar buenas piezas. Tenían cabezas disecadas de muchos animales colgadas en los cortijos, que era una cosa muy normal para la gente a la que le gustaba la caza mayor. También tenían animales cazados en África y de todos los que había en España: ciervos, venados, muflones, cabras montesas, jabalíes...

Andrés venía desde pequeño de vez en cuando con su padre al Cortijo Raimundo, y se juntaba con Justi desde que eran los dos pequeños. Jugaban y hacían fechorías por los campos del cortijo. Cuando Andrés tenía pocos años venía bastante, unas veces con su padre y otras con su abuelo, y el verano, cuando no tenía colegio, lo pasaba en ese cortijo, así que Andrés y Justi eran muy buenos amigos. Se criaron juntos bastante tiempo y tenían la misma edad; solo se llevaban unos meses.

A la edad de seis años se iban por los olivos y buscaban nidos de pajarillos. Cuando iban a abandonar al nido, los cogían. Después los terminaban de criar con migas pequeñas de pan con leche, que les daban con una hoja de olivo, y luego les daban de beber. Se llenaban la boca de agua y se metían el pico del pájaro en la boca de ellos, y así el pajarillo bebía agua como si fueran su madre. Criaban jilgueros, camachos, verdones, chamarines... Algunos se morían, pero otros no. Criaban bastantes y luego, cuando comían solos, los ponían en jaulas colgadas en las paredes del cortijo. También criaban a veces nidos de tórtolas africanas y de palomas. A Andrés le gustaba mucho venir en verano porque era la temporada de los nidos.

Otra cosa que les gustaba mucho a los dos era bañarse en un estanque grande que había en el cortijo para poder regar los olivos. Allí pasaban las tardes nadando, tirándose al agua y jugando entre ellos, desde los siete u ocho años hasta los doce. De esa manera, se criaron como hermanos.

En invierno se iban con los trabajadores y ayudaban en algunas faenas, como el cribaje de la aceituna, que se hacía con unas zarandas que ponían por donde llevaban el corte y se entretenían quitándoles las hojas a las aceitunas que caían a una espuerta y dándoles con la mano cuando iban cayendo por la zaranda abajo. Luego, cuando acababa la campaña de aceitunas en marzo, se iban a los montes a buscar espárragos. Eran muy buenos buscando, y luego los llevaban al cortijo y se hacían unas tortillas con ellos. Así pasaban el tiempo Andrés y Justi. Cuando tenían doce años, ya la hermana de Andrés venía más por el cortijo. Antes, como era pequeña, venía, pero poco.

Sofía tenía ya nueve añitos y empezó a venir más por el cortijo, y se juntaba con su hermano y con Justi. Iban a bañarse los tres en verano al estanque y a ella le gustaban los planes que hacían ellos dos y hacían los planes los tres juntos. Para algunas cosas preferían ir ellos dos solos, pero a coger espárragos iba también ella porque era muy buena campesina.

Pasaron los años y a Sofía empezó a interesarle Justi. A ella le gustaba mucho. Él era moreno, delgado y muy guapo; y ella, con sus catorce años, también era muy guapa. Estaba desarrollada y tenía unos ojos azules preciosos. Era morena, y con el pelo liso y largo, estaba muy pero que muy guapa. El caso es que a Justi también le gustaba Sofía. De pequeños eran como hermanos los tres, pero cuando Justi y Andrés crecieron y tenían diecisiete años, ya le empezaron a gustar las muchachas.

Un día, Justi le dijo a Andrés que le gustaba su hermana y Andrés no lo vio mal. Le dijo que vale y se calló; no le dijo nada más. Entonces Justi se dijo: «Bueno, mi hermano Andrés no ve mal que me guste su hermana». Al tiempo salieron a una fiesta de pueblo los tres y se lo pasaron muy bien. Justi y Sofía se dijeron lo mucho que se gustaban ese día y desde entonces cambiaron las cosas entre los dos.

Antes de seguir con Justi y Sofía, hay que contar las cosas que hacían esos años Justi y Andrés. Ellos iban a los cerros donde había espárragos y también un montón de conejos, que se comían los troncos de los olivos, sobre todo de los más pequeños porque estaban más tiernos. En el olivar iban poniendo olivos nuevos porque Raimundo iba agrandando el cortijo cada vez que le salía una compra de terreno alrededor de sus tierras.

En esas tierras que compraban, normalmente no plantaban olivos, sino trigo y cebadas de secano. Raimundo las compraba no muy caras, les metía el riego y las llenaba de olivos nuevos, y ahí entraba el Justi, porque cuando tenía trece años ya le pidió don Raimundo que cogiera trescientos cepos y que los fuera poniendo por los sitios que él viera para capturar a los conejos, porque había tantos que hacían destrozos con los olivos nuevos. Entonces el padre de Justi fue enseñando a su hijo a ponerlos.

Justi era muy listo. Con solo un día que fue con su padre y él le dijo cómo ponerlos y en qué sitios le bastó. Justi se levantaba para que al amanecer estuviera ya en el lugar de los cepos. Les iba dando la vuelta a todos y se llevaba sacos. Cuando llenaba uno, lo dejaba a la sombra en un lugar donde a la vuelta lo recogiera con una moto que le dieron para ese trabajo. Él iba mirando los cepos y los volvía a dejar puestos para que, al otro día, cuando acabara por la punta del tramo, que los ponía, se diera la vuelta, recogiera los sacos de conejo y los llevara al cortijo.

Había días en que tenía que dar hasta cuatro viajes con la moto para llevarse todos los conejos que pillaba. A veces pillaba en un solo día doscientos conejos; otros días menos, pero casi siempre cogía de ciento cincuenta para arriba. En algunos no caía nada, en otros solo tenía pelos de haberse escapado el conejo, y en algunos solo cogía erizos, jinetas, ratas, gatos monteses y algún que otro animal más.

Justi se hizo un especialista en ese trabajo. Era muy bueno, y también ponía trampas para pillar pajarillos, zorzales y otros pájaros más pequeños. A él le gustaban mucho todas esas cosas, disfrutaba de su trabajo y ganaba todos los días su jornal. Se las arreglaba para hacerlo antes de ir a la escuela. Luego, al otro año, pasó a la Formación Profesional. La escuela le pillaba a siete kilómetros del cortijo y se iba en la moto por los caminos, por lo que solo tenía que andar por carretera unos pocos metros.

Madrugaba mucho desde que empezó con ese trabajo. Luego, cuando acababa de la escuela y llegaba al cortijo, comía, se echaba una buena siesta y se ponía las pilas como a él le gustaba decir. También iban con escopetas a cazar los conejos porque había muchísimos. De esto se encargaban Raimundo, el padre de Justi y alguno al que invitaban. Así se controlaban un poco los conejos. Además, por esos cerros también había jabalíes y hacían daño.

Cuando venía al cortijo Andrés —el hijo de Raimundo— cogían Justi y él una escopetilla de plomos y se iban a cazar los dos. Tenían muy buena puntería y pillaban gorriones, tórtolas, palomas y a veces también se ponían en un sitio escondidos que ellos preparaban con retamas y cazaban conejos. Se metían en sus escondites, cerca de agujeros, y esperaban un rato. Después, salía un conejo y le apuntaban a la cabeza, le daban un tiro entre ojo y ojo y lo mataban.

Todas esas cosas las podían hacer porque los guardias civiles que iban de vez en cuando al cortijo, hacían la vista gorda. Como los picoletos siempre pillaban algo para ellos y Raimundo era un ricachón, pues le hacían la pelota. Se llevaban gorriones para ellos comérselos, conejos y, de vez en cuando, algún jabalí, así que se llevaban un poco de todo, también garrafas de aceite.

A Raimundo no le parecía mal y ellos hacían la vista gorda. Él cazaba con cepos para tener a los conejos controlados, y aquí paz y después gloria. Vaya, que se entendían bien. A Justi lo conocían los picoletos y lo veían cuando iba a la escuela con la moto. Solo le decían que no anduviera fuera de los carriles, solo lo imprescindible para llegar a la escuela, porque no tenía la edad para el carnet de conducir. Ahí también hacían la vista gorda, claro, lo que pasa entre los picoletos y los ricos. Ellos hacen sus tratos y Raimundo les dijo que a Justi no le fueran a parar por no tener el carnet y que se lo sacaría cuando tuviera la edad. Así se habló y así hacían. Pasaron los años hasta que cumplió Justi los quince años y se sacó el permiso. Ya no tenía nada que temer, ya podía ir con la moto por donde quisiera sin miedo.

En la FP, Justi escogió Mecánica y aprendió a soldar hierros y montar cosas. Se le daba bien, pero no estudiaba mucho porque era torpe para el estudio. Sin embargo, para la práctica era bueno. Cuando estuvo dos años en la FP, no aprobaba la teoría y lo dejó. Entonces se centró en el cortijo. Trabajaba solamente con las cosas del cortijo, ponía los cepos y hacía otras faenas, como manejar riegos y todo lo que salía de trabajo, que no era poco. Estaba Justi, su padre y otros ocho de un pueblo cercano, y todos tenían trabajo todo el año para llevar las faenas. Justi era el de los cepos y luego hacía todo lo que salía. Aparte de eso, los otros hacían faenas como talar olivos y regar. A los dieciséis años, el Justi ya cogía la escopeta de cartuchos del padre y mataba jabalíes.

Un día, andando por esos cerros, se encontró en el suelo una bala, la cogió y se la guardó. Luego, como sabía de esas cosas, cogió y la puso brillante, le hizo un agujero en la parte de arriba y se hizo un colgante con ella. Siempre la llevaba colgada al cuello. Como a él le gustaban esas cosas, tenía la bala siempre brillante. La verdad es que era bonito el colgante en el cuello. Al poco tiempo los amigos lo llamaban Justi el Bala, y poco a poco se fue quedando con ese apodo. Él decía que donde ponía el ojo, ponía la bala, y era así, cuando iban a matar conejos con la escopetilla de plomos, él no fallaba y Andrés fallaba alguna que otra vez, pero Justi ninguna. Era un máquina para la puntería.

Bueno, retomemos la historia de Justi y Sofía. Fueron conociéndose un poco más a fondo, empezaron a salir los dos juntos con la moto por los pueblos cercanos y se hicieron novios. Se veían pocas veces; solo de vez en cuando si venían los dueños del cortijo. Por las tardes y las noches era cuando estaban juntos, ya que de día Justi trabajaba, y ella estaba por el cortijo con la madre de Justi y la suya. Pasaba casi todo el rato en el cortijo, y solo salía a veces a dar un paseo. Cuando había espárragos, sí que salía a buscarlos casi todos los días porque le gustaba mucho buscarlos y estar en el campo; a veces iba sola, y otras con su madre y la del Justi. En fin, Sofía se lo pasaba bien en el cortijo.

Ella estaba enamorada del Justi y él de ella, los dos estaban felices y contentos, y así estuvieron hasta que Justi cumplió los dieciocho y se sacó el carnet de conducir del coche. Así ya podían ir más lejos los dos juntos. Sofía le decía que le gustaba mucho la finca que tenían en Málaga. Tenía que venir Justi con ella a ver esa finca y bañarse en la playa. A él le pareció buena idea eso de ir a la playa.

La finca de Málaga estaba por la zona de Nerja. Tenían una buena finca sembrada de aguacates. Luego, había un poco de monte que llegaba hasta la playa y tenía una pequeña cala al fondo. Andrés, el hermano de Sofía, iba por el Cortijo Raimundo, pero cada vez menos porque él estaba estudiando para abogado y tenía mucho que estudiar y poco tiempo libre. Cuando iba por el cortijo, se juntaban los tres, se iban por ahí con el coche que compró Justi y se lo pasaban muy bien.

Andrés en la universidad fue conociendo chicas. Hoy estaba con una y mañana con otra. Él era así. Se tomaba lo de las mujeres de esa forma y no quería atarse a nada; pensaba más en su carrera de abogado. Sofía estudiaba Empresariales y le iba muy bien. Los dos eran muy estudiosos y les gustaba; a Justi no. A él eso de estudiar no le gustaba; estaba muy contento y feliz con lo que tenía, sobre todo cuando venía al cortijo la Sofía.

Una de las veces que vino, era el tiempo de buscar espárragos y se fueron los dos juntos. Empezaron a buscar —esta vez fueron por donde siempre solían ir— y cogieron muchos en poco rato. Entonces Justi le propuso a Sofía dejar el manojo de espárragos ahí e ir a otro sitio que le iba a gustar. Él le dijo:

—Venga, vamos, que te voy a enseñar una cosa que solo sé yo.

Ella preguntaba que qué era y él le decía que era una sorpresa. Ella contestó:

—Bueno, vale, ya veremos qué es.

Justi tiraba por sitios en los que ella nunca había estado porque estaba todo muy lleno de zarzas y malezas, pero Justi sabía muy bien por dónde ir. Fueron pasando por unas veredas que él ya tenía hechas hasta que llegó cerca de unos tajos y allí se paró y le dijo:

—Sofía, hemos llegado.

Ella se quedó ahí parada mirando alrededor. Le preguntó que a dónde habían llegado y él le contestó:

—Calma, todavía no se ve.

Entonces se puso a apartar las ramas para que no los viera nadie ni los encontraran. La soltó de la mano y se fue hacia el tajo que tenían enfrente. Ella le preguntó que a dónde iba y él le respondió:

—Tranquila, que ya casi estoy.

Entonces, a unos metros de ella, cogió unas ramas secas que tenía en el suelo amontonadas con el tajo y las quitó. Ella estaba atenta a ver qué era, vio una grieta grande por donde podía entrar una persona y le dijo:

—Justi, ¿eso qué es?

Él fue hacia ella, la cogió de la mano y le dijo que mirara, que esa era la sorpresa. Llegaron hasta la grieta, Sofía miró y vio una cueva que estaba iluminada. Entraba luz por otra grieta que estaba por encima de ellos, a unos seis metros de altura, e iluminaba bastante la cueva. Justi le dijo que entrara y ella le dijo:

—A ver si nos pasa algo ahí dentro.

Entonces él respondió:

—Tranquila, no pasa nada. Yo ya he estado muchas veces dentro. Tranquila, entra.

Entraron los dos y ella se quedó sorprendida. La cueva era grande y Justi la había preparado para la ocasión. Estaba limpia, y había dos sillas, una mesa, agua y una manta por si querían sentarse en el suelo.

Se sentaron en las sillas y Sofía no paraba de mirar a todos lados para ver cómo era la cueva. Cuando ya la vio bien, le preguntó:

—Justi, ¿por qué no me lo habías dicho antes?

Él le contestó:

—La descubrí hace poco. La última vez que nos vimos no sabía que la cueva estaba aquí. La descubrí porque vi salir de la grieta un gato montés y me acerqué para ver de dónde había salido, quité esas ramas secas y pude ver la grieta. Entonces me asomé y pude ver la cueva. Pensé en que debías ser la primera persona a la que se lo contaría. Por eso, hoy hemos venido para que la vieras. Desde que la encontré he estado limpiándola y arreglándola para que esté así. ¿Qué te parece?

Ella contestó que era bonita y que lo había dejado fenomenal. Entonces ella le pidió que le diera un beso y se besaron. Él le preguntó si le había gustado la sorpresa y ella le contestó que lo quería mucho.

—Es tan bonito todo esto —dijo Sofía—. Será nuestro secreto. Vendremos más aquí, traeremos bebida y música.

Él le dijo que también la quería mucho. Sofía estaba muy contenta y se besaron. Al rato, Justi dijo que debían irse porque se estaba haciendo tarde. Quedaron en que volverían cuando los dos pudieran.

Salieron y pusieron las ramas como estaban antes, cogieron los espárragos de vuelta y se fueron al cortijo, los dos más contentos que un ocho y dando saltos de alegría.

Pensaron en preparar un día para irse al cortijo de Málaga, pronto iban a ir. Ella estaba segura de que le iba a gustar Málaga tanto como a ella. Cuando llegaron al cortijo, ambos se fueron a casa de sus padres. Justi y sus padres vivían a un lado del cortijo.

Al otro día dijeron que irían a la cueva nuevamente, pero esta vez con radio, bebidas, vasos y cosas así. Prepararon todo, se vieron y fueron a la cueva. Pusieron la radio, no muy alta por si pasaba por allí alguien, pusieron los vasos en la mesa, se sirvieron la bebida y se tomaron algo muy a gusto los dos a solas escuchando la música. Se besaron y se lo pasaron muy bien en la cueva hablando del futuro. Él le decía a ella que pronto tendría que ir a la mili y que cuando se fuera, no lo vería en bastante tiempo, y le comentó que eso no le gustaba nada. Justi le dijo que no pasaba nada y que solo serían dieciocho meses, y que, además, vendría de permiso y se podrían ver.

Estaban tumbados los dos encima de la manta que tenían, abrazados y mirando hacia el techo de la cueva. Ella le decía que se sentiría muy sola durante ese tiempo que él estuviera en la mili y prometieron superar esa prueba de amor juntos.

—Yo pensaré mucho en ti estando en el ejército, ¿y tú pensarás en mí? —le preguntó Justi a Sofía, y ella contestó:

—Claro que sí. Dame un beso, tonto, que te quiero más que a mi propia sangre.

Él se lo dio, uno detrás de otro, y se reían. Eso decían los dos, y es que ninguno había tenido pareja antes. Ellos crecieron juntos y se enamoraron, se querían muchísimo y estaban muy felices de quererse. Se fueron para el cortijo y, al otro día, Sofía se iba para Granada al Cortijo de los Olivos. Tenía clases al otro día, que era lunes, y él también tenía que trabajar.

El lunes, Justi empezó a decirle a su padre, que era el encargado, que a ver cuándo podía ir con su coche a Málaga para ver a Sofía. Su padre le dijo:

—Déjame consultarlo con la almohada. Ya te diré si puedes ir o no. No te preocupes, voy a ver si es lo más pronto que se pueda.

Al otro día, Justi le preguntó a su padre:

—Papá, ¿te has pensado cuándo puedo ir a Málaga?

El padre le contestó:

—Anoche antes de dormirme pensé en ello y vi que este fin de semana que viene puedes irte dos días, así que ya se lo puedes decir a Sofía, y si ella puede, lo acordáis vosotros dos todo, ¿vale?

Justi se puso muy contento, le dio las gracias a su padre y le dijo que se lo consultaría a Sofía.

—Ya te contaré lo que hemos acordado —le dijo a su padre.

José le ordenó que volviera a su trabajo porque no podían estar todo el rato hablando. Justi le dio la razón y se puso a trabajar más y mejor porque estaba contentísimo y le dio las gracias nuevamente.

Su padre le dijo que estaba muy contento de que saliera con Sofía porque se había criado con ellos y era como una hija más, y le aconsejó que la cuidara.

Cada uno volvió a su faena. Estaban talando los olivos y había varias cuadrillas. Entonces, cada uno se fue a la suya. A Justi le faltó tiempo para ir a por el teléfono. Llamó a Sofía y ella contestó. Le propuso ir el fin de semana a Málaga y ella le dijo que sí sin pensárselo ni un segundo. Ella iba con sus padres al cortijo de Málaga ese fin de semana, así que le pidió que la avisara de su llegada, que ella estaría pendiente. Quedaron en que se llamarían cuando Justi fuera a salir para allá y le diría a qué hora llegaría. Colgaron y Justi se quedó muy contento porque ese fin de semana vería a su novia. Irían a bañarse a la playa, ya que él nunca había estado y tenía muchas ganas de ver el mar.

En el Cortijo Raimundo empezaron a ir cambiando algunas cosas. A Justi le dijeron que dejara de poner los cepos para los conejos, ya que ahora había unas mallas de plástico duro que se cortaban. Se las ponían en forma de tubo a los olivos para que los conejos no royeran los troncos, y la verdad es que después de cinco años de poner cepos y cazarlos, habían acabado un poco con la plaga. Si iba uno al campo no se veían tantos como antes.

Entonces, un poco antes de que Justi se fuera a la mili, como ya estaba la cosa mejor con los conejos, lo pusieron a trabajar solo en el olivar. Ya tenían unos cuatro mil olivos porque iban pegando trozos a cada instante al cortijo.

Pararon de comprar terrenos lindantes, porque los que quedaban por comprar eran de riego y más pequeños, y los que tenían más grandes no los querían vender. Raimundo también dijo que ya estaba bien, que para qué seguir comprando más terrenos a su alrededor si ya tenía una finca muy grande, de las mejores de la zona. Hicieron unas balsas de tierra grande para embalsar agua y fueron poniendo el riego a goteo en todo el olivar, y así hicieron unos de los mejores olivares de por allí.

Raimundo, con sus años, cada vez iba menos por el cortijo, y le pidió a su hijo Andrés que se fuera encargando de él. Su hijo ya tenía sus dieciocho años y tenía su propio coche, un buen todoterreno. Justi tenía un Ford Escort blanco y salía poco del cortijo. Le gustaba más estar allí que salir a algún pueblo de por allí cerca. Algunas veces iban sus padres por tema de papeles y médicos, pero salían poco del cortijo. Allí tenían de todo: corrales con gallinas, pavos, patos, gansos y unas pocas de ovejas, así que necesitaban pocas cosas de fuera, y aparte de los animales, también tenían hortalizas sembradas y árboles frutales cerca del cortijo. Tenían de todo allí y por eso no salían.

Los picoletos, cuando iban por allí, se llevaban huevos, pavos, gallos, frutas y hortalizas. Se llevaban de todo, y como no pagaban ni un duro, tenían mucha cara, como hacían la vista gorda con lo de los cepos… Raimundo era muy buena persona y no le importaba que se llevaran de todo, pero claro, cuando dejaron de poner los cepos, ya no tenían por qué dejar que se llevaran tanto los picoletos y ellos mismos dejaron de ser tan egoístas y ya se llevaban menos cosas. Tenían un poco de prudencia y no querían abusar de la confianza.

El padre de Justi, José, ya estaba también un poco mayor y le iba dando a su hijo trabajo de encargado del cortijo. Su madre, Josefa, también estaba mayor, pero ella estaba bien de salud y siempre había estado ocupándose de las tareas de la casa, y cuando venían los dueños, ella era la que le hacía todo, la comida y lo que hiciera falta. Además, también era la que se encargaba de echarle de comer a los animales y recoger los frutos y los alimentos que daban los animales. Era muy campesina y muy buena cocinera, y la mujer de Raimundo se llevaba muy bien con Josefa. Leonor, que era la madre de Andrés y Sofía, era igual que Josefa de campesina. Echaban muchos ratos en la cocina y hacían dulces, y así estaban ocupadas y se lo pasaban bien. Preparaban botes de hortalizas y hacían mermelada de muchas frutas, y así tenían de todo en cualquier fecha del año y más bueno que si lo compraban. Hacían hasta el pan en el horno, ya que tenían un horno muy bueno de leña, y allí la leña no faltaba porque eran troncos de olivos y siempre había de sobra.

Tenían de todo, hasta pescado, ya que cerca de donde estaba la cueva en la que Justi entró, pasaba un arroyo que llevaba agua todo el año y había truchas. De vez en cuando iban y pescaban unas pocas. Eso le gustaba mucho a Raimundo. Se iba él solo muchas veces y se ponía allí en unas rocas sentado a echar la caña y cogía casi siempre. Luego, se las preparaban Josefa y su mujer.

Raimundo no es que estuviera cansado de estar trabajando, pero tenía que estar pendiente de todas las fincas, yendo y viniendo y llevando las cuentas de todo lo que se producía en cada cortijo. En la finca de Málaga lo que había era un chalet con piscina, aguacates, naranjos, limoneros, mangos y otras frutas más. Además, tenían un buen porche con vistas al mar.

Llegó el viernes, y Justi a las dos y media llamó por teléfono a Sofía y le dijo que iba a comer y que llegaría allí sobre las siete y media más o menos. Ella le contestó que perfecto, que ella estaría en la finca, que sus padres y ella se irían ya y comerían por el camino en un sitio que a su padre le gustaba, y que llegarían allí sobre las seis, que allí lo esperaría impaciente. Los dos se aseguraron de que allí se lo pasarían bien, se mandaron un besito y se despidieron.

Justi comió, se duchó, se vistió, puso en el coche una maleta con cosas suyas para el viaje y se puso en marcha. El viaje fue bien, sin problemas, y a las siete y cuarto de la tarde ya estaba en la finca de Raimundo. Aquello se llamaba Finca Leonor, por la madre de Sofía, ya que a su madre le gustaba mucho ir allí, a la costa, y por eso le pusieron ese nombre.

Llegó Justi y Sofía estaba atenta esperándolo en la entrada del chalet. Paró el coche y salió, y Sofía ya estaba al lado de la puerta del coche, se dieron un gran abrazo y un beso. Sofía le dijo que dejara la maleta y así veía a sus padres, y luego se irían porque ya mismo se hacía de noche y Sofía le quería enseñar aquella zona. Justi saludó a los padres y fue a dejar la maleta; salieron rápido.

Sofía lo cogió de la mano y le dijo que ella lo llevaría. Por el camino, Sofía lo llevó a ver aguacates, limoneros y naranjos, y fueron a la cala que ella le dijo. Anduvieron un poco más, y desde un acantilado que había, se veía la cala. A Justi le gustó mucho, pero ya se tenían que ir. Era una pena, con lo bonito que era aquel sitio. Quedaron en que al otro día irían temprano. Llegaron ya de noche. Apenas se veía por dónde iban, pero llegaron bien. Cenaron, vieron un rato la tele, charlaron un poco, se dieron un beso y se fueron cada uno a su dormitorio a dormir.

A la mañana siguiente, Justi, como estaba acostumbrado a madrugar mucho, se levantó y todavía no había amanecido. Bajó a la cocina, cogió una naranja, se fue al porche debajo del parral y se la comió allí. Estuvo un rato allí, observando todo lo que se veía desde donde estaba. Luego, pensó en ir a dar un paseo por allí cerca, por si lo llamaban, que los escuchara. Vio la piscina y los aguacates que rodeaban el chalet, cogió unos pocos que quedaron en los árboles, ya maduros, y se los llevó para la cocina.

Todavía no se habían levantado nadie. Eran las siete y media de la mañana, preparó los aguacates en un plato, los aliñó con aceite, vinagre y sal, y se los comió. Luego, preparó otro plato para cuando llegaran los padres de Sofía y ella. A las nueve de la mañana, llegaron los padres y Sofía a la cocina y vieron al Justi; se dieron los buenos días. Sofía se acercó y se dieron un beso, y Justi les enseñó el desayuno que les había preparado. Todos cogieron un trozo y les encantó, así que le dieron las gracias a Justi. Le comentaron que se había levantado muy pronto, y Justi dijo que sí, que él estaba acostumbrado a madrugar. Contó lo que hizo por la mañana y a dónde había ido.

Se tomaron un café, desayunaron bien y los padres les dijeron que ellos se irían a Nerja a comprar cosas de comida, y les preguntaron si querían algo de comer. Justi y Sofía les contestaron que no les hacía falta nada en especial, que ellos irían a dar un paseo por la finca y por la cala y que regresarían a la hora de comer. Se despidieron. Los padres se fueron en su coche y Justi y Sofía cogieron una toalla cada uno y echaron a andar por la finca hacia la cala mientras veían todo el campo.

Echaron las toallas al suelo, se tumbaron y estuvieron bastante rato allí, charlando, viendo el mar y los acantilados. Quedaron en que se iban a bañar, aunque el agua estuviera bastante fría. Era normal porque era el mes de abril, pero para un baño rápido se podía, así que se fueron metiendo en el agua los dos a la vez. Sofía decía que el agua estaba helada y Justi decía que no estaba tan fría y que se podía aguantar. Poco a poco se metieron más hondo y se tiraron los dos a la vez al agua, bucearon y salieron. Estuvieron unos quince minutos dentro del agua jugando el uno con el otro y nadando.

Les dio frío de estar en el agua y se salieron a tomar el sol. Hacía un día muy bueno de sol y de calor. Estaban tumbados los dos muy a gusto, tomándose unas bebidas que habían bajado en una nevera, y se sentaron en unas toallas mientras charlaban. A esa cala no iba casi nadie por la entrada que tenía. Desde el chalet era accesible, pero para ir desde fuera de la finca no; por eso no había nadie.

Estaban allí solos, se iban metiendo en el agua y se salían a tomar el sol. Estaban charlando en las toallas cuando vieron que se acercaba un hombre hacia ellos. Llevaba una toalla colgada en el hombro y pasó por al lado de ellos. Les dio los buenos días y ellos al hombre también, y a unos veinte metros de ellos, el hombre puso su toalla en el suelo y se sentó allí. No se bañaba; solamente estaba tomando el sol y mirando hacia el mar. Luego Justi se dio cuenta de que el hombre los miraba, sobre todo a

Sofía, pero pensó que era normal, pues eran los únicos que estaban en la playa, así que Justi y Sofía siguieron a lo suyo tan a gusto.

Se acercaba la hora de irse a casa, así que se darían un último baño y tomarían el sol para secarse. Pasó por su lado el hombre ese y les dijo «hasta luego», y ellos a él también. El hombre se fue y ellos al rato también. Llegaron al chalet, comieron y quedaron en que por la tarde iban a ir los cuatro a ver las cuevas de Nerja, los padres de Sofía y ellos dos. Sobre las cinco de la tarde, se fueron en el coche de Raimundo a ver las cuevas. A Raimundo le gustó mucho lo que decía Justi de las cuevas, que le habían encantado y que eran muy bonitas.

A todos les encantó la visita a las cuevas. Justi no las había visto nunca, pero los demás sí, y fueron para que Justi las viera. Cuando salieron, se fueron a Nerja a dar una vuelta por el Balcón de Europa y por las calles de alrededor. Se lo pasaron bien y cenaron en un restaurante de la zona centro de Nerja. Quedaron en que al otro día iban a ir los cuatro juntos a la playa El Playazo a echar la mañana allí, y también quedaron en que Justi y Sofía podían ir esa noche ellos solos a Nerja en el coche de Justi a pasar un rato en la plaza Tutti Frutti, que era donde estaba la diversión para los jóvenes, y así fue.

A las diez y media de la noche, Justi y Sofía fueron a Nerja y se lo pasaron muy bien por allí. Vieron a Andrés, el hermano de Sofía, que llegó a las once de la noche porque tenía cosas que hacer en Granada y les dijo que se verían allí. Estuvieron los tres por esa plaza y alrededores tomándose algo y bailando, y un poco antes de volver al chalet, se cruzaron con el hombre ese de la cala y le dijeron a Andrés que a ese hombre lo habían visto esa misma mañana en la cala. El hombre pasó por al lado de ellos y les dio las buenas noches, y ellos también se las dieron a él. El hombre siguió para donde iba y ellos igual. Ellos iban para un lado y el hombre para el lado contrario. Al rato, llegaron al coche de Justi y se fueron los tres para el chalet. Quedaron en que Andrés los acompañaría a la playa al día siguiente.

Al otro día por la mañana, Justi fue el primero en levantarse para no perder la costumbre, pero esta vez fue a las ocho de la mañana, ya que la noche anterior se acostaron un poco tarde. Cogió otros pocos de aguacates y naranjas, y cuando llegó, ya estaban los demás levantados también. Prepararon un buen desayuno, desayunaron todos y prepararon las cosas para irse a El Playazo a echar la mañana. Salieron a las diez y media de la mañana para la playa, llegaron y buscaron un buen sitio. Pusieron sus sombrillas y toallas en la arena, las neveras, una mesa, y sillas, y allí se sentaron a observar el mar y a tomar el sol.

Después, a las once y media de la mañana, los tres más jóvenes se bañaron, y los padres se esperaron hasta las doce y media, que hacía ya más calor, y también se bañaron. Pasaron una mañana espléndida allí los cinco y comieron y bebieron allí en la playa cosas que llevaban en la nevera.

A las dos de la tarde, dijeron que volverían al chalet. Estaban recogiendo las cosas para llevarlas al coche cuando Justi vio otra vez al mismo hombre del día anterior en la cala y en la plaza Tutti Frutti y se lo dijo a Sofía y a Andrés, que estaban cerca de él. Les pidió que miraran mientras el hombre se acercaba a ellos. El hombre pasó por delante de ellos, se quedó mirándolos y les dio las buenas tardes, y ellos a él igual. El hombre siguió para donde iba y ellos terminaron de guardar las cosas en el coche y se fueron. Por el camino, los tres les hablaron a los padres de

Sofía sobre la existencia del hombre ese, y empezaron a pensar que los seguían. Los padres de Sofía les dijeron que eso serían casualidades, aunque ellos también vieron al hombre ese. Tenía una estatura bajita y el pelo rizado y moreno. Llevaba siempre una gorra puesta, hasta cuando lo vieron por la noche en la plaza Tutti Frutti, y aunque todos pensaron que era casualidad haberlo visto en varios sitios en esos dos días y que se cruzara con ellos, a Justi le pareció un poco raro, pero nada tampoco como para preocuparse.

Llegaron al chalet, almorzaron, descansaron, y luego ya por la tarde, a las cinco, Justi tenía que volver para el Cortijo Raimundo, y los otros cuatro también tenían que irse para Granada. A las seis de la tarde, salieron los dos coches para Granada; en el primero iban los padres de Sofía, y en el de Justi iban Sofía y él en los asientos de delante y Andrés en el de atrás. Habían quedado en que Justi llegaría al Cortijo de los Olivos, donde no lo conocían, y llegaron sobre las siete y media de la tarde. Se quedó allí con ellos hasta las diez de la noche, hasta que se fueron al Cortijo Raimundo para, al otro día, poder trabajar. Allí, en el Cortijo de los Olivos, estuvo un rato. Le gustó mucho todo aquello. Luego, se despidió de todos y se fue al Cortijo Raimundo, no sin antes darle unos besos a Sofía.

A la mañana siguiente, mientras trabajaba, le estuvo contando Justi a su padre todo lo que había hecho él en esos días y el padre notó que le había gustado mucho. Quedaron en que de vez en cuando se iría un fin de semana a Málaga y siguieron con el trabajo. Allí, en el Cortijo Raimundo, iban a poner una línea de limpieza de aceitunas, y Raimundo iría para supervisar las cosas con su hijo Andrés.

A los cuatro días vinieron todos, Raimundo, Leonor, Andrés y Sofía. Esta vez llegaron un jueves y estarían hasta el domingo para ver el montaje de la línea de limpieza de aceitunas, que constaba de una tolva receptora y de una cinta que transportaba la aceituna hasta la limpiadora. De la limpiadora salía otra cinta transportadora hasta la lavadora y, de esta última, salía otra cinta que llevaba la aceituna hasta una tolva grande de recepción para acumular la aceituna y que llegara un camión. Después, se metería debajo de la tolva y se llevaría la aceituna a un molino que había a treinta kilómetros de allí.

Llegaron con todas las máquinas para el montaje el viernes por la mañana temprano y Justi ya había preparado lo que había que hacer de obra, así que empezaron a montar las máquinas y en tres días se quedó todo funcionando y en orden. Justi estuvo atento a todo el montaje y él se encargaría de limpiar las aceitunas cuando llegara la temporada, hasta que luego otra persona se quedara con él allí para aprender todo lo que tenía que saber para que aquello funcionara bien, ya que en enero Justi tenía que irse a la mili.

Le tocó en Cartagena, en Infantería de Marina, pero hasta entonces Justi quería disfrutar del verano yendo a Málaga de vez en cuando y con Sofía para poder estar allí en el cortijo. También quería ir a la cueva. En esos días de montaje de las máquinas, fueron a la cueva para enseñársela a Andrés y quedaron en que sería un secreto de los tres, que no se lo dirían a sus padres y que se la enseñarían más adelante. A Andrés le encantó la cueva también. Él iba menos, pero Justi y Sofía iban constantemente y se lo pasaban bien allí los dos solos en su intimidad.

Se fueron para Granada los dueños del cortijo y sus hijos y quedaron en que se hablarían por teléfono para verse en Málaga.

Justi echó un par de semanas en el cortijo porque no podía dejar las faenas; había que arar y eso llevaba mucho tiempo. Sofía tenía exámenes de selectividad para la universidad, así que también estaba bastante liada. Cuando ya los dos tuvieron más tiempo, quedaron en que irían para Málaga otro viernes por la tarde. Justi llegaría al Cortijo de los Olivos y recogería a Sofía y Andrés; se irían los tres solos esta vez porque los padres de Sofía estaban en África, ya que Raimundo había ido a un safari con Leonor y estarían una semana fuera.

Justi llegó el viernes día 10 de mayo a las cuatro de la tarde al Cortijo de los Olivos, recogió a Sofía y a Andrés y se fueron para Málaga al chalet. Llegaron, dejaron las cosas que llevaban en el chalet y se fueron para la cala. Cuando llegaron, estuvieron un rato mirando el mar y charlando, y otra vez llegó por allí el hombre ese. Pasó por al lado de ellos y se dieron las buenas tardes.

El hombre se fue a la otra punta de la cala, se sentó allí a mirar el mar y de vez en cuando a ellos, sobre todo, a Sofía. La miraba demasiado. Si ella miraba al hombre, lo encontraba mirándola, y eso a ella no le estaba gustando ni un pelo. Se sentía vigilada y le comentó a Justi que ese hombre parecía un poco raro y que la miraba mucho, y Justi le contestó que no se preocupara, que mientras estuviera alejado no pasaría nada.

Sofía y Justi estaban a lo suyo riéndose y hablando, y como ya se hacía de noche, y propusieron volver al chalet. Antes de que se movieran para subir, pasó otra vez el hombre ese por al lado suyo, se dijeron adiós y se fue. Luego, subieron ellos al chalet, cenaron y se acostaron al rato.

Al día siguiente, desayunaron y bajaron a la cala, pero esta vez para echar toda la mañana allí como la otra vez que estuvieron ellos dos solos. Llegaron los tres a la cala y se acomodaron en la arena. Llevaban de todo para comer y beber, música, sombrillas, toallas y unas raquetas y pelotas para jugar un rato. Allí estaban tan a gusto, escuchando música, tomando el sol y, de vez en cuando, se bañaban.

A eso de las doce de la mañana llegó por allí el hombre ese, y ya para ellos era normal verlo por allí. Pasó por su lado, dio los buenos días y siguió como siempre hasta la otra punta de la cala. Allí estaba el solo; no se bañaba, sino que solo se sentaba y miraba hacia el mar y hacia ellos. Ellos no le hacían mucho caso, estaban a lo suyo y pasándoselo muy bien. Se fueron a bañarse los tres a la vez y después se tumbaron en la arena a tomar el sol.

Sofía estaba tumbada boca arriba y Justi y Andrés boca abajo. Ella miraba hacia donde estaba el hombre, cuando vio que el hombre venía caminando hacia donde estaban y todo parecía normal, pero cuando llegó a la altura de Justi, pasó tan cerca de él al pasar por su lado que, cuando pasó a su altura, le echó arena encima de la cabeza con el pie. Justi pegó un repullo, se levantó y le preguntó al hombre que por qué le había echado arena, a lo que el hombre le contestó que le perdonase, que iba un poco despistado. Justi le dijo que no pasaba nada, pero que mirara por dónde iba.

El hombre siguió para delante después de decirles adiós. Ellos recogieron y se fueron para el chalet, y allí hablaron todos del hombre este. Sofía decía que ese hombre estaba mal, que se lo encontraban en todos los sitios: en la cala, en El Playazo, en la plaza Tutti Frutti… Decía que eso no era normal, que pasaba algo, y Justi y Andrés le quitaban importancia al asunto y le decían que eso eran casualidades, que no se preocupara y no se comiera la cabeza. No obstante, ella decía que no quería verlo más. Justi y Andrés propusieron ver una película para que así se le olvidara todo un poco. Vieron la peli y luego se acostaron.

A la mañana siguiente, desayunaron y se pusieron a pensar qué hacer ese día. No sabían si ir a la cala o la playa El Playazo. Sofía propuso ir a Nerja a la playa de la Torrecilla, ya que, si llegaban pronto, podrían aparcar el coche al lado de la playa. A Justi le pareció bien porque él no conocía esa playa y la quería conocer. Llegaron a la playa de la Torrecilla y sí, había sitio para aparcar. Dejaron allí el coche y les pillaba muy cerca del agua. Cogieron sus bártulos y se instalaron en la arena. Allí estuvieron toda la mañana y se lo pasaron muy bien.

A la hora de comer, todos querían ir por ahí cerca a algún restaurante. Dejaron las cosas en la arena y se fueron a comer a un restaurante que había enfrente, desde donde podían ver sus cosas en la arena. Pidieron varios platos, sobre todo de pescado, comieron y luego pidieron un helado en el mismo restaurante.

Sofía miraba para la playa y sus cosas y vio otra vez al hombre ese. Lo vio pasar de largo por el paseo de la playa y lo reconoció; era casi inconfundible. Llevaba la misma gorra de siempre, fuera de noche o de día. El tipo era bajito y feísimo. En fin, Sofía ya lo conocía desde lejos y lo vio pasar por delante de ellos, pero no dijo nada. Pensaron que el hombre vivía en Nerja y por eso lo veían hasta en la sopa, pero Sofía no le dijo nada a Justi ni a Andrés. El hombre pasó y se perdió por el paseo. Se acabaron el helado, pagaron y se fueron a la playa. Se bañaron y se fueron a las sombrillas. Se bañaban y tomaban el sol, y así todo el rato.

A las ocho de la tarde, Sofía les dijo que habría que irse pronto, y ellos contestaron que sí. Dijeron que se bañarían una vez más y se irían. Salieron corriendo los tres hacia el agua y después recogieron las cosas cuando otra vez pasaba el hombre; esta vez venía por la arena hacia ellos.

Llegó a donde ellos estaban, se detuvo y los saludó, y ellos a él también, pero esta vez el hombre quería charlar con ellos. Les preguntó si estaban de playeo, a lo que ellos contestaron que sí. El hombre les preguntó que si todo el día, y ellos le contestaron que sí, que habían estado todo el día. El hombre se presentó:

—Me llamo Juan y vivo aquí, en Nerja. Por eso nos hemos cruzado varias veces. A mí me gusta mucho caminar.

Ellos se presentaron también y Juan les fue dando la mano uno a uno, y a Sofía, que fue la última, le sujetó la mano más de la cuenta. Ella la soltó y no dijo nada, pero no le gustó nada ese gesto, y como le caía mal, se retiró de su lado y se pegó a Justi. Juan le dijo a Justi que le tenía que perdonar por lo del otro día cuando le echó arena a la cara sin querer, que iba pensando y no miró ni por dónde iba y que lo sentía. Justi le dijo que no pasaba nada, que eso le pasaba a cualquiera.

Sofía comentó que ya era hora de irse, y los chicos dijeron que sí. Todos se despidieron de Juan y este siguió caminando. Cogieron sus bártulos, se los llevaron al coche y se fueron para el chalet. Llegaron, descargaron todo, se ducharon, se arreglaron y fueron al porche un rato. Allí, tranquilitos, escuchaban música y tomaban algo. Sofía sacó la conversación y preguntó si querían saber su opinión sobre el hombre llamado Juan, a lo que ellos contestaron que sí. Entonces ella comentó que Juan la miraba de una manera que no le gustaba, que no le caía bien y que, cuando se presentó, a ella no le quería soltar la mano. Creía que era un psicópata o algo así, y cuando lo miró a los ojos, no le gustó nada de lo que notó.

Justi y Andrés le dijeron que no era para tanto, que sí que era un hombre raro y muy feo, pero no pensaban que fuera un psicópata. Opinaban que era un acomplejado; como si se hubiera criado con personas metiéndose con él o algo. Sofía decía que podía que fuera eso, pero para ella había algo más que Juan escondía.

Cambiaron de tema y empezaron a hablar de lo que iban a hacer al otro día por la mañana. Quedaron en que al otro día se iban a quedar en el chalet, y que cuando hiciera calor, bajarían a la cala, pero sin sillas ni mesas ni nada.

Se despertaron, desayunaron y, después, estuvieron viendo la tele un buen rato. A eso de las once de la mañana, Justi preguntó si querían ir a la cala y los demás dijeron que sí. Bajaron a la cala, se pegaron unos baños y a la una de la tarde decidieron subir al chalet, pero Sofía miró para el lado donde se solía poner Juan y lo vio. Estaba arriba, mirando hacia ellos, así que les metió prisa para que a Juan no le diera tiempo bajar. Esta vez, evitaron verlo de cerca para no tener que hablar con él.

Comieron, descansaron y, a las seis de la tarde, subieron al Cortijo de los Olivos. Se quedaron allí Sofía y Andrés, y Justi se fue para el Cortijo Raimundo, ya que al día siguiente tenía que trabajar. Iban a empezar a arreglar en el corral unas habitaciones, una cocina y unos baños, para que en la campaña de recogida de aceitunas se alojaran unas pocas familias de fuera.

Como cada vez tenían más olivos en producción, tenían que meter a más gente, ya fuesen extranjeros o españoles de lejos de allí, además de contar con los de siempre, ya que no eran suficientes y no cubrían las necesidades del cortijo. Tendrían que vivir en esas habitaciones que iban a preparar. El cortijo iba creciendo; por eso pusieron esas máquinas para limpiar la aceituna.

Justi llegó de noche, cenó y se acostó pronto. Estaba agotado de la playa y de conducir. Al otro día, se levantó, desayunó y se fue al corral del cortijo para prepararlo todo. Les trajeron materiales de construcción. Tenían que hacer tabiques y varias cosas. Para ello, vinieron unos albañiles, y Justi les ayudaba y supervisaba que todo se hiciera como tenía que hacerse. Estuvieron un mes haciendo todo aquello. Quedó todo según lo previsto, bien hecho y bien acabado.

Hicieron una buena cocina comunitaria, un buen comedor y varios dormitorios y baños. Vinieron Andrés y su padre para ver cómo había quedado todo y les dijeron a Justi que sí, que estaba todo según lo acordado, muy bien y muy curioso. Se quedaron todos contentos y dijeron que ya solo faltaba estrenarlo.

Raimundo le dijo a su hijo que este año le tocaría a él estar un poco pendiente en la temporada de la recogida de la aceituna, y Andrés le contestó que no se preocupara, que él iría todos los fines de semanas y los días que él pudiera ir. De todos modos, tenían a Justi, que era muy buen trabajador. Raimundo estaba seguro de que entre ellos dos lo llevarían bien, porque sabían cómo llevar aquello. Ellos les dieron las gracias a Raimundo por confiar en ellos, se pusieron manos a la obra y Raimundo comentó que se pasaría de vez en cuando para ver cómo iba todo y que ellos se lo explicaran. Justi y Andrés estuvieron hablando de las cosas que tenían que hacer para cuando empezara la recogida de la aceituna.

Era ya el mes de junio, Andrés y Sofía habían acabado los estudios. Andrés se iba y venía del Cortijo de los Olivos al Cortijo Raimundo, y Sofía venía con él. Justi estaba liado con los riegos. En verano era lo que más se hacía; regar un sector, luego otro, y así. Cuando acababan por una punta, le tocaba a la zona por la que habían empezado, y otros tenían que dedicarse a otras cosas como sulfatar y apañar goteros para que la cosecha fuera bien.

El padre de Justi ya se estaba haciendo mayor, así que, como Justi en enero del año siguiente se tenía que ir a la mili, pensaron en ir formando a uno de los jornaleros que venían de los pueblos de al lado para que sustituyera a Justi, y el padre de él estaría pendiente también.

Eligieron a un hombre llamado Domingo, que era el más viejo del cortijo. Era un hombre con cuarenta años, muy apañado y que sabía bien todas las faenas que había que hacer. Ahora se pegaba más a Justi para saber hacer todas las cosas bien, aunque ya las supiera, pero siempre algo se le podía escapar. Estaba todo bien atendido y, de vez en cuando, Justi y Sofía se iban a la cueva y también iban a Málaga alguna vez que otra. De vez en cuando, también iban a Nerja y veían a Juan. Hablaron con él algunas veces, pero preferían no hacerlo mucho. Juan llegó a decirles que era guardia civil, que estaba en el cuartel de Nerja, que en sus ratos libres se iba a pasear por la cala y por otros sitios y que lo habían visto tantas veces porque a él le gustaba dar paseos.

Un día, ya en septiembre, iban Sofía y Justi a un pueblo cerca del cortijo por las fiestas y, por el camino, los paró la Guardia Civil. Cuando pararon y miraron la cara del agente, vieron que era Juan, y este le pidió la documentación del vehículo a Justi. Juan se dio cuenta de que era Justi, y este le comentó que iban a unas fiestas. El agente les dijo que fueran con cuidado y que no bebiera alcohol, y Sofía y Justi siguieron su camino hacia las fiestas.

Estuvieron un buen rato en las fiestas. Fueron a una caseta con escopetillas de plomos, y como Justi tenía buena puntería, le ganó a Sofía un par de peluches. Luego, dieron una vuelta, se tomaron algo de beber y comer, se subieron en algunas atracciones y, a las doce y media de la noche, decidieron volver al cortijo.

Volvieron por el mismo sitio por el que fueron, y en el mismo sitio en que los pararon, estaba otra vez la Guardia Civil. Los pararon, abrieron la ventanilla del coche, y allí estaba Juan. Acto seguido, le pidió que bajara del vehículo para ver si había bebido porque no se podía fiar de Justi. Juan le dijo que anduviera un trozo de carretera por la línea continua y cuando él le dijera se daría la vuelta. Justi anduvo unos veinte pasos y cuando Juan le dijo que se volviera, le pidió que se pusiera el dedo pulgar en la nariz y que con el dedo meñique tenía que tocarse la rodilla, alzando el pie y sin moverse. Juan le hizo una demostración y Justi lo hizo bien, así que Juan le dijo que podían continuar y que lo perdonaran, pero que era su obligación. Le preguntó a Sofía si estaba bien y ella le contestó que por qué le preguntaba y Juan le dijo que debía ver que todo estaba bien. Juan les comentó que lo habían destinado a esa zona y que se verían más a menudo porque ellos le habían dicho dónde estaba el cortijo y se despidieron.

Llegaron al cortijo y empezaron a hablar. Sofía decía que le parecía raro que el hombre ese estuviera ahora por ahí y que a ella no le gustaba porque pensaba que escondía algo. Justi le dijo que a él tampoco le caía bien y que ya verían qué pasaba con ese hombre. Se acostaron y, a la mañana siguiente, Justi se levantó y se fue al campo. Sofía se levantó más tarde, desayunó y se fue a la puerta del cortijo, a la sombra de un moral, y se sentó allí un rato.

Al poco tiempo de estar allí llegaron los picoletos y aparcaron el coche al lado de Sofía. Eran Juan y otro hombre, al que sí conocía Sofía porque había ido otras veces al cortijo. Se bajaron del coche los dos y le dieron a Sofía los buenos días. Juan le preguntó a Sofía por Justi y ella le contestó que no sabía dónde estaba. Entonces, él preguntó si había alguien más y ella le contestó que estaban su hermano y los padres de Justi y que por qué preguntaba. Juan le dijo que era para ver cómo iba la cosa por allí, a lo que Sofía le respondió que estaba todo bien. Juan le dijo que le gustaría ver a los demás, así que ella entró y los llamó. Juan se presentó diciendo que era el nuevo cabo del cuartel del pueblo de al lado, se saludaron y Juan habló con Andrés para coger aceite y otras cosas como estaban acostumbrados los otros picoletos. Andrés le dijo que eso lo llevaba su padre y que no estaba allí porque no quería darles nada, ya que Juan no les caía bien. Juan preguntó que cuándo estaría allí su padre, a lo que Andrés le contestó que no sabía, porque su padre ya no iba mucho por allí, ya que estaba mayor y cada vez iba menos. Juan le comentó que ya vendrían en un tiempo para conocer a su padre y que estaba todo bien por lo que él veía. Se subieron al coche, se despidieron y se fueron.

Cuando llegó Justi, Sofía le contó que había estado Juan, y Justi dijo que parecía que lo iban a tener por allí a cada instante. Entonces, ella comentó que no le gustaba que fuera ese hombre porque siempre que lo veían estaba todo el rato mirándola con esos ojos saltones y feos. La miraba mal, y dijo que si otra vez lo veía venir se quitaría de en medio porque no quería que la mirase. Justi la comprendió porque a él tampoco le gustaba, así que ya irían viendo cómo iban las cosas. No creían que estuviera todos los días yendo al cortijo porque tendría cosas más importantes que hacer.

Entraron a la casa, Justi desayunó y luego se fueron a la piscina del cortijo. Estuvieron toda la mañana bañándose allí, y Andrés también estaba con ellos. Hablaron un rato sobre el picoleto y todos opinaban lo mismo, que no les caía bien y que ojalá no estuviera cada dos por tres por allí, y dejaron el tema.

A las dos de la tarde, comieron y se echaron una siesta porque ya hacía mucho calor a esas horas. A las seis de la tarde, se fueron a la piscina otra vez y se tiraron allí hasta las nueve y media de la tarde. Después, se fueron al cortijo y se cambiaron de ropa, cenaron y se acostaron, y así fueron pasando los días de verano. De vez en cuando iban a la cueva, ya que allí estaban fresquitos y escuchaban música. Alguna que otra vez iban a Nerja a la playa y los picoletos venían una vez a la semana a dar una vuelta por el Cortijo Raimundo. Los padres de Andrés y de Sofia no fueron mucho por allí en verano porque viajaban; unas veces iban a África y otras a Sudamérica, de vacaciones y cacerías. En septiembre, los padres de ellos dejaron de irse a otros países y se quedaron en España.

Un día de septiembre que fueron al Cortijo Raimundo para ver cómo iba la cosa, sentados en el moral que había en la puerta del cortijo, llegaron los picoletos, Juan y otro. Juan conoció a Raimundo y disimuladamente le insinuó que les diera aceite, huevos y todo lo que les daba a los picoletos de antes. Raimundo ya había hablado con Sofia del tema del nuevo picoleto, que le había dicho que a ellos no les gustaba Juan y que se sentía muy mal cuando estaba ese hombre porque la miraba como si nunca hubiera visto una mujer.

Entonces, Raimundo, como estaba advertido de eso, les dio una caja de aceite, pero huevos, animales y otras cosas no se las iba a dar porque ahora era diferente. Ellos eran desconocidos para él y Raimundo les dijo que así eran las cosas. A Juan eso no le sentó muy bien, así que se fueron, pero desde ese día, cada vez que Justi o Andrés cogían el coche y se cruzaban con Juan, este encontraba siempre algo para denunciarlos y los multaba sin razón, como por no llevar las luces encendidas a las ocho de la mañana, cuando ya había salido el sol a las siete, y cosas así sin motivo alguno. Cada vez que se encontraban con Juan, era raro que no los denunciaran por alguna tontería que se inventaba, y cuando iba al cortijo y se encontraba a Sofía, la miraba cada vez con una mirada más fría que la vez anterior, como con maldad, y Sofía le cogió miedo.

Se sentía cada vez peor cuando venía ese hombre, y pensó que menos mal que ya mismo empezaba el colegio y se iría al Cortijo de los Olivos, ya que así por lo menos ya no tendría que soportar más a ese hombre desagradable. Lo malo es que Justi sí tendría que soportarlo hasta que se fuera a la mili.

Llegó el 10 de septiembre y Andrés y Sofía se fueron para Granada al Cortijo de los Olivos porque tenían que empezar los estudios. Andrés salió excedente de cupo del servicio militar, ya que a él le vino muy bien para seguir estudiando. Sofía ya empezaba con la universidad. Empezó el curso y Sofía y Andrés estaban a lo suyo, mientras Justi estaba en Jaén también en lo suyo.

Pasaron un par de meses y la temporada de recogida de aceite ya iba a empezar, así que vinieron al Cortijo Raimundo cinco familias de fuera, entre las que había una que venía de Rumania. La familia estaba formada por los padres y tres hijos, dos varones y una mujer. La mujer, que se llamaba Eva, era morena con el pelo liso y largo, con unos ojos verdes superbonitos y una piel blanquita. Era muy guapa, tenía un cuerpo precioso y unos pechos perfectos. Hacía gente por donde fuera.

A los pocos días de llegar las cinco familias, empezó la temporada, Eva y otras pocas mujeres se encargaban de recoger los suelos. Un día, al poco de empezar la recogida, vino al cortijo Andrés para ver cómo iba la cosa. Se dio una vuelta por el tajo para ver si la gente trabajaba bien y llegó a donde estaba Eva. La vio y se quedó parado, como todo el que la veía. Le preguntó su nombre y la mujer le dijo que se llamaba Eva y él le dijo su nombre, Andrés. Se dieron la mano y él notó que la chica se quedó como él, un poco embobados los dos. La chica siguió cogiendo aceitunas y Andrés se quedó un rato por allí mirándola. Vio que trabajaba muy bien y que era fuerte. Volvió al lado de ella y le preguntó que de dónde era, y ella le contestó que era de Rumania. Él le dijo que hablaba muy bien el español, y ella le comentó que el español para ellos era fácil y que lo aprendió en su país. Estuvieron los dos un buen rato hablando.

Ella hablaba, pero no paraba de recoger aceitunas. Andrés vio en ese momento que era muy buena para ese trabajo. Ella le contó que había ido con sus hermanos y sus padres, y luego, Andrés siguió dando la vuelta a las otras cuadrillas y conoció a los padres y hermanos de Eva. Le pareció bien; buenas personas y trabajadores. Luego vio a Justi y le preguntó que si había visto lo guapa que era Eva. Justi le contestó que sí, que cuando la vio pensó en él y le preguntó si le había gustado Eva. Andrés contestó sin pensárselo que sí, y le estuvo contando a Justi que había estado hablando con Eva un rato y que era muy simpática y muy buena trabajadora. Le contó también que había conocido a su familia y que le parecían muy buenas personas y trabajadoras. Le comentó que esas familias eran las que necesitaban ahí, responsables. Sabían hablar español; los padres no tanto, pero los hijos sí.

Justi le dijo a Andrés que sí, que él cuando vio que venían de Rumania, no le gustaba mucho la idea, porque se pensaba que serían malos trabajadores y gente muy ruidosa, pero cuando empezó a verlos trabajar y fue conociéndolos, vio que eran mejor que algunos de por allí. Andrés le contestó que habían tenido suerte con esta familia y que la verdad es que algunos de ese país no serían tan buenos. Andrés se fue para otro lado; luego, a la hora del bocadillo, se fue por donde estaba Eva. Estuvieron un rato hablando, y antes de empezar a trabajar otra vez, Andrés le dijo a Eva que quería verla luego por la tarde.

Quedaron a las cuatro de la tarde debajo del moral de la puerta del cortijo. Allí se vieron y se fueron andando a dar una vuelta. Charlaban, se iban conociendo y se veía que se gustaban el uno al otro. Andrés al verla sintió como un flechazo, y Eva sentía lo mismo. Fue amor a primera vista. Siguieron viéndose cada vez que iba Andrés al cortijo, y Sofía iba con él y veía al Justi. Al cabo de unas semanas, Andrés y Eva ya eran ligues. Salían con Justi y Sofía a dar paseos; a veces con el coche a otros pueblos. Una de las veces que iban con el coche, los paró Juan el picoleto y los multó porque decía que la placa de la matrícula estaba sucia. El coche era de Justi y ya empezaba a estar harto del picoleto, porque a cada instante los multaba y siempre por cosas injustas.

Una tarde fueron los cuatro a la cueva. Cuando Eva la vio, se quedó paralizada como los demás la primera vez que la vieron. Allí iban cada dos por tres los cuatro y escuchaban música y lo pasaban bien. Así estuvieron bastante tiempo hasta que llegó la hora de que Justi se tenía que ir a la mili. Antes de irse, se juntaron los cuatro allí para despedirse de Justi y se lo pasaron muy bien.

Al siguiente día, Justi se fue para la mili. Llegó al cuartel de Cartagena, le dieron la ropa, la litera, y se instaló. Al otro día empezó con los ejercicios de instrucción. A Justi se le daban muy bien todos los ejercicios y empezó a caer bien a los que tenía por encima; se adaptó muy bien. Al poco tiempo empezaron con las armas, y sus jefes veían que Justi era muy buen tirador, así que poco a poco lo fueron poniendo con las armas de precisión y se hizo un buen francotirador. Hacían concursos de tiro y Justi era el mejor. Todos lo llamaban Justi el Bala. Él llevaba colgada del cuello la bala que se encontró un día por el campo en el Cortijo Raimundo.

Justi venía de vez en cuando de permiso por el cortijo y veía a Sofía, y así fueron pasando los meses. En cuanto a Eva, llegó el fin de la temporada de aceitunas, y como era ya la novia de Andrés, este habló con los padres y los hermanos para que se quedaran en el cortijo todo el año y ellos dijeron que sí. A Andrés eso le gustó mucho, ya que así estaría Eva todo el año. Cuando venía Sofía, se juntaba con Eva y se iban por ahí al campo, a la cueva y a buscar espárragos, ya que Sofía le enseñó cómo los tenía que buscar y se lo pasaban bien.

Un día estaban las dos buscando espárragos, cuando llegó al cerro donde estaban Juan, el picoleto. Se acercó a ellas, las saludó y les dijo que él también iba a buscar espárragos. Ellas se fueron por otra dirección y Juan, que iba solo, se fue por otra. Cuando se quisieron acordar, se encontraron a Juan de frente, parado, mirándolas, y ellas, al darse cuenta, dejaron de buscar espárragos e intentaron dar un rodeo para no pasar por donde él estaba, pero él, en vez de seguir de frente donde estaba, fue yendo hacia ellas hasta que se las cruzó. Se saludaron y Juan les dijo que no deberían ir solas por esos cerros. Sofía le contestó que ella siempre lo había hecho y que no había pasado nada, a lo que él le contestó que no debería fiarse de nada, que les podría pasar algo malo. Ellas le dijeron que sí, que gastarían cuidado, y se fueron mientras Juan las miraba a cada instante. Ellas, si volvían la mirada hacia él, se lo encontraban mirándolas. A ninguna de las dos le gustaba ese hombre y Eva le dijo a Sofía que parecía un loco con esos ojos desencajados y esa cara tan fea.

Se fueron para el cortijo, y cuando llegaron, vieron a Andrés y le contaron lo que había pasado. Andrés les dijo que para la siguiente vez lo avisaran y así no irían solas, que no se tenían que fiar de ese hombre porque ni él lo hacía, y que aunque fuera guardia civil, parecía que no estaba muy bien de la cabeza. Ellas le dijeron que sí, que las próximas veces lo avisarían para que fuera con ellas. Las cosas que hacía Juan no eran normales.

Ese día vinieron los padres de Andrés y Sofía, y Andrés les contó las cosas que pasaban con el picoleto. El padre dijo que ya era hora de cortarle el pienso a los picoletos, que ya ni aceite ni nada, que se estaban portando mal con Justi y con ellos y que ya estaba bien de abusar de la confianza. Ya hacía mucho tiempo de los cepos, y ahora no tenían por qué darles nada ni tenían por qué ir por allí. Andrés les dijo que les diría la próxima vez que fueran que no tenían que ir por allí para nada.

Y así lo hizo. En cuanto vinieron los picoletos por el cortijo, Andrés habló con Juan y le dijo que ya no tenían que ir por allí, y Juan le respondió que dejarían de ir. Se fueron y ya no volvieron a ir por el cortijo a pedirles nada. Ahora, cada vez que pasaba Andrés con su coche para ir al cortijo, si se cruzaba por el camino a Juan, era multa segura; siempre le sacaba alguna tontería y le multaba, y eso a Andrés no le gustaba nada. Él, que estaba acabando ya la carrera de abogado, veía los abusos que hacían los picoletos, pero de momento se callaba, pagaba la multa y para adelante; no quería problemas mientras no se pasaran demasiado. Así siguió un tiempo.

Un día Raimundo venía para el cortijo y lo paró Juan y lo multó por otra tontería que Juan se inventó, y luego Raimundo se lo dijo a su hijo, y entre los dos decían que tenían que hacer algo con ese hombre. Andrés le comentó que, si seguía la cosa así, tendría que denunciar el caso, y ahí se quedó la cosa.

Fue pasando el tiempo y Justi era el mejor de su compañía en tiro; se especializó con armas que hacían blanco a ochocientos metros de distancia. Ya solo le quedaban seis meses y vino de permiso quince días por Navidad. Llegó al Cortijo Raimundo, y allí estaba Sofía, su hermano Andrés, Eva, sus padres y hermanos, los padres de Justi, Raimundo y su mujer, e hicieron una fiesta en el cortijo a su llegada.

Allí, Justi les contaba a los demás sus anécdotas en la mili, y se quedaban todos prendados. Les decía que había ganado varios premios de tiro, y eso les gustaba a todos. Decía que lo tenían muy bien mirado, que estaba a gusto, y Raimundo lo felicitó y también propuso un viaje a Costa Rica porque le había gustado mucho una finca que quería comprar, pero que le gustaría la opinión de sus hijos. Entonces les dijo a los cuatro que, si querían ir a Costa Rica, irían Andrés, Eva, Justi y Sofía, además de Raimundo y Leonor. Irían una semana.

Lo hablaron, y por esas fechas estaba la recogida de aceituna, pero decían que, entre José, el padre de Justi; y Domingo, el encargado; se valdrían, y que como era una sola semana y Justi estaba allí, que era la ocasión de ir todos a Costa Rica y ver la finca que le gustó a Raimundo.

Deliberaron un rato, vieron los pros y los contras y, al final, decidieron que sí, que se podían ausentar todos una semana y se fueron. Llegaron a Costa Rica, los llevaron a un hotel y, al otro día de llegar, los llevaron a ver la finca. La finca era llana, con agua en abundancia y muy buena tierra. Tenía ya sembrado café, cacao, plátanos, lulos, guayabas, papayas, granadillas y algunos naranjos y limoneros. Vieron la finca de punta a punta y descubrieron que había un trozo grande sin sembrar. Raimundo decía que allí iba a sembrar aguacates; lo vieron bien todos y se fueron para el hotel. Allí estuvieron un buen rato hablando del tema y, al final, estuvieron de acuerdo en que la comprara Raimundo. Entonces llamó al propietario de la finca y quedaron para el día siguiente en el hotel, mientras ellos seis fueron a conocer cosas de por allí.

Echaron un día muy bueno viendo flora y fauna del lugar y, al otro día, se vieron con el dueño de la finca. El hombre traía las escrituras, las vieron y trataron el precio. Estaba todo hablado y de acuerdo. Fueron a una notaría para que fueran apañándolo todo. A los dos días de ir a la notaría, estaba todo listo para pagar y firmar, y así se hizo. Raimundo le dio un cheque al vendedor y firmaron las escrituras. Ya tenía Raimundo una buena finca en Costa Rica.

Les dijo a los demás que él se quedaría allí en Costa Rica para ir poniendo en la finca los aguacates nuevos y cuatro cosas más; los demás se volverían a España solos, y ellos estaban de acuerdo. Raimundo y Leonor se quedarían allí un tiempo hasta que ellos vieran que estaba todo como ellos querían. Mientras llegaba el día de volver para España, los hijos disfrutaron de todo lo que por allí: la playa, el sol, el clima… Fueron un par de veces a la finca y les decían a Raimundo algunas ideas porque quería hacer allí una buena casa.

Se vinieron para España los cuatro, llegaron al Cortijo Raimundo y estuvieron allí hasta que se tenía que ir para la mili Justi, así que los cuatro fueron a Cartagena para llevar a Justi en el coche de Andrés. Así lo hicieron; lo único con lo que no contaban ellos era que, al salir del cortijo por caminos de tierra, cuando ya se iban a incorporar a la carretera, había un control de la Guardia Civil, y cómo no, estaba Juan, tan feo y con tanta arrogancia como de costumbre.

Al pasar a la altura del control, Juan les dio el alto. Pararon y les preguntó que a dónde iban. Ellos le contaron que a Cartagena a llevar a Justi y Juan les dijo que muy bien, pero que antes les tenía que hacer un chequeo. Entonces ellos le preguntaron que para qué si venían del cortijo, y Juan les dijo que era su obligación, que esto era un control y que tenía que registrar a todo el que pasara por ahí, así que les pidió que se pusieran con los brazos abiertos y las piernas y apoyaran las manos en el coche, y así lo hicieron.

Pensaban que era pasarse, pero para ellos era mejor obedecer para así salir, cuanto antes, para Cartagena. Se pusieron Andrés y Justi como les dijo Juan; las chicas no, y Juan les dijo que ellas también, pero ellas no querían, así que Andrés les dijo que lo hicieran y así se irían antes, y sin muchas ganas, ellas se pusieron como ellos. Juan empezó a toquetear a Eva la primera. Eso, en vez de un chequeo, parecía más un toqueteo. Andrés se aguantó a duras penas y Eva se quejaba porque Juan le toqueteó todo el cuerpo, en especial los pechos. Fueron unos instantes muy tensos para Eva y Andrés, pero se aguantaron como pudieron.

Luego le tocó el turno a Sofía, y Juan le dio un sobeo que se pasó tres pueblos. Sofía se quejaba porque con ella se paraba más con las manos en las nalgas, en sus partes y en el pecho; eso era totalmente un abuso y un tocamiento sin ningún motivo. Justi le dijo a Juan que ya estaba bien, y Juan lo miró con muy mala cara y le dijo que era el procedimiento, que lo sentía, pero que eso era así.

Acabó de sobar a Sofía y luego empezó con Andrés. Le pasaba las manos por los brazos hacia la cintura y luego empezó por los tobillos hasta la entrepierna, con tanta mala leche, que le daba un golpe en los testículos. Andrés le dijo que tuviera cuidado y le preguntó si no creía que se estaba pasando, y Juan le contestó que no, que eso era así, por lo que no tenían otra que aguantarse. Empezó con Justi, y ya visto lo que había visto, no dijo nada ni protestó. A Justi también le dio un golpe en los testículos al llegar a su entrepierna y no dijo nada; se aguantó. Juan dijo que ya había acabado, que estaban limpios y que podían seguir su camino. Todos subieron rápido al coche; los había entretenido más de media hora con sus tonterías.

Ellos decían que tenían que darse prisa, no fuera a ser que Justi llegara tarde a su entrada al cuartel, así que Andrés le pisaba fuerte al coche para recuperar el tiempo perdido.

Por el camino hacia Cartagena, todos iban comentando el atropello de Juan, y todos opinaban que eso no era normal porque ellos no eran delincuentes, y Eva se quejaba del abuso de Juan. Todos eran testigos del abuso que les había hecho, así que este día lo iba a tener en cuenta Andrés para el día que se cansara. Había abusado de la autoridad.

Andrés decidió interponer una denuncia contra Juan por el abuso de la autoridad y tocamiento indebido porque a ellos les había hecho daño. Todos pensaban que Juan iba a seguir así, abusando de todo el mundo, así que a ver si con la denuncia lo mandaban a tomar aire. Luego llamarían al cortijo para contarles a los padres lo que había pasado, para que no les fuera a dar ni agua, sobre todo cuando Andrés estuviera. Justi estaba muy enfadado y decía que a la próxima que Juan se pasara, era capaz hasta de matarlo, así que esperaba que no pasara más nada mientras que él estuviese en la mili, porque como él se enterara de algo, era capaz hasta de escaparse del cuartel e ir a buscarlo. Los demás intentaban calmarlo diciendo que no hacía falta matar a nadie, que ya verían cómo ponerlo en su sitio sin tener que matarlo, pero que tuviera cuidado el Nomo ese, que ya los tenía hartos.

Luego cambiaron de tema, hablaron del viaje a Costa Rica y, al poco rato, pararon en el camino para comer algo. Vieron que iban bien de tiempo y siguieron conduciendo más tranquilos hasta que llegaron al cuartel de Cartagena. Se despidieron de Justi y se vinieron los tres de vuelta con cuidado. Llegaron al Cortijo Raimundo por la noche ya tarde, comieron y se acostaron. Justi estuvo allí en Cartagena hasta junio que se le acababa la mili, mientras en el Cortijo Raimundo seguían con la campaña de la recogida de aceitunas.

Un día, ya casi al final de la campaña, llegó Juan el Nomo —así lo habían apodado—, aparcó su coche y fue andando por los olivos hasta que vio la cuadrilla donde estaba Eva. Ella estaba como siempre, recogiendo los suelos, y su hermano mayor estaba unos olivos más adelante que ella, y desde donde estaba su hermano, él podía verla y siempre echaba un vistazo hacia donde estaba su hermana. Él siempre estaba pendiente de Eva y de todos los de su familia. Pasó lo siguiente: Juan el Nomo llegó a donde estaba Eva y le dio los buenos días. Luego, le dijo a Eva que tenía que hablar con ella y Eva se levantó del suelo, ya que estaba de rodillas cogiendo las aceitunas, y el Nomo le dijo que fuera con él, que donde estaban no podía decírselo delante de los demás, porque era algo que a los demás no les importaba. Se fueron un poco aparte de los demás, a unos matorrales que había cerca. El hermano desde lejos vio que su hermana se iba con el Nomo y se lo dijo a los de su cuadrilla, se dirigió hacia donde vio al Nomo con su hermana, y menos mal que fue, porque cuando estaba llegando escuchó a su hermana gritar y era porque el Nomo la había metido detrás de los matorrales, y cuando estaban allí detrás, le dijo a Eva que era preciosa y que lo tenía loco desde el otro día que le tocó los pechos. No hacía nada más que pensar en ella. Juan se abalanzó hacia Eva queriéndole dar un beso en los labios, y Eva gritó, e intentando apartar al Nomo, le rompió la camiseta a Eva e intentó besarle los pechos. Eva, asustada, gritando e intentando apartar al Nomo de encima de ella, se le ocurrió darle un rodillazo donde más le dolía: en los testículos. Entonces el Nomo la soltó y ella echó a correr, y cuando salió de los matorrales, vio a su hermano que llegaba, la abrazó, vio que tenía la camiseta rota y le preguntó que le había pasado. Eva le dijo que el Nomo había intentado abusar de ella. Su hermano le preguntó si estaba bien y le contó que le dio un rodillazo y se había escapado. El hermano le dijo que se fuera con los demás y que ahora iría él.

Él fue hacia los matorrales a ver si estaba el Nomo, pero se había ido ya como pudo y se subió al coche, así que el hermano de Eva no pudo hacer nada. Vio al Nomo cómo salía escopeteado con el coche de allí. Su hermana seguía alterada por lo que le había hecho el Nomo, y su hermano la tranquilizó, y cuando Eva estaba más tranquila, le dijo que le contara lo que había pasado. Ella se lo explicó todo con pelos y señales, y el hermano le aseguró que eso no se iba a quedar así. Lo primero que harían sería irse al cortijo. Eva se quedaría allí el resto del día, y cuando viniera Andrés, le contarían lo que había pasado. Eva, al llegar al cortijo, se fue a su habitación para cambiarse de ropa, y el hermano llamó por teléfono a Andrés. Este cogió el teléfono y el hermano de Eva le contó lo sucedido. Andrés le dijo que se quedara con su hermana y que cuidara de ella, que él ya mismo iría, que estaba en Granada y ya mismo iría para allá. Le pidió que lo esperaran los dos en el cortijo y que tranquilizara a Eva todo lo que pudiera. El hermano de Eva le dijo que sí a todo, que haría lo que le había pedido.

A la hora, Andrés ya estaba en el cortijo y se dirigió a la habitación de Eva, y allí estaban los dos hermanos. Le preguntó a Eva cómo había ocurrido y ella le contó todo con detalles. Andrés se cabreó muchísimo y no sabía muy bien lo que hacer, si ir en busca del Nomo al cuartel o no. Se tranquilizó y decidió llamar a uno de los amigos de su padre que era un abogado, de los mejores de Granada. Llamó al abogado, se presentó y le contó las cosas que el Nomo le había hecho a Eva. El abogado le pidió que no hiciera nada, que él se encargaría de todo. Andrés le dijo que vale, pero que ganas no le faltaban para ir en busca de él y matarlo a palos. El abogado le dijo que eso no debía hacerlo y que Andrés lo debería de saber, ya que estaba terminando la carrera de abogado. El abogado intentó tranquilizarlo como pudo y le dijo que él haría unas gestiones y que cuando pudiera, lo llamaría. Andrés le dijo que esperarían su llamada.

Al cabo de una hora, el abogado llamó a Andrés y le dijo que tenían que ir Eva, su hermano y él a poner una denuncia a Juan al cuartel, y le explicó todo lo que tenían que hacer y decir. Fueron, pusieron la denuncia y se volvieron para el cortijo. Por la tarde, Andrés se volvió para Granada porque tenía que hacer cosas al otro día, y quedó con Eva en que lo llamara si había novedades, y Eva y su hermano volvieron a su trabajo, y así pasaron unos días.

A los seis días después del intento de violación hacia Eva, la llamaron del cuartel de la Guardia Civil. Eva fue con su hermano y le hicieron hacer una rueda de conocimiento a Eva, y con su hermano hicieron igual. Los dos reconocieron y Juan quedó imputado. A ellos les dijeron que se volvieran al cortijo, ya que a Juan el Nomo lo detuvieron y luego lo marcharon a prisión preventiva a Málaga, porque él era de Nerja. Con chanchullos, lo llevaron a la cárcel de Alhaurín de la Torre, en Málaga. Llegó a la cárcel y estuvo un día en el módulo 1, que era ingresos. Luego lo pasaron al módulo 2, ya que allí iban los preventivos. El Nomo, cuando llegó al módulo 2 y le preguntaron que por qué estaba en la cárcel, contestó que por robo, pero a los presos del módulo no les cuadraba su versión y estaban un poco mosqueados con el Nomo porque decían que no parecía un ladrón, y pensaron que era un picoleto al que habían metido de soplón.

Los presos le guardaban la distancia; el Nomo estaba más bien solo y no querían los otros presos amistad con él. Fueron pasando los días y se filtró en el módulo que el Nomo era un picoleto y que había intentado violar a una muchacha de diecinueve años. Entonces se corrió la voz en el módulo y unos pocos estaban atentos y dijeron que como el Nomo fuera al baño, allí lo iban a pillar, y en efecto, fue a los baños y cuando se quiso dar cuenta, el Nomo tenía a unos pocos presos encima de él. Le preguntaron si él era el picoleto que intentó violar a una muchacha en Jaén, y el Nomo dijo que no. Entonces los presos le dijeron que sabían que sí era él y empezaron a machacarlo por todos lados. No lo mataron porque llegaron los funcionarios, pero lo dejaron medio muerto en el suelo. Lo llevaron a Enfermería y allí lo atendieron. Tenía costillas rotas, un brazo roto y una pierna a la altura de la rodilla rota. Lo curaron y lo pasaron a aislamiento para que no lo terminaran de matar. Allí estuvo seis meses, y cuando salió libre bajo fianza, andaba cojo de la pierna que le rompieron.

Mientras, en el Cortijo Raimundo, ya había llegado Justi de acabar la mili; era el mes de agosto. Justi, Sofía, Andrés y Eva iban de vez en cuando a Nerja a la playa y otros días salían por Granada y Jaén. Cuando podían, se juntaban los cuatro y se iban juntos por ahí a disfrutar. A Justi, cuando llegó de la mili, le contaron lo que había pasado con el Nomo, y él se quedó de piedra y recordó que ya había dicho que el Nomo no estaba bien de la cabeza.

En septiembre se enteraron los cuatro de que al Nomo lo habían tenido en la cárcel de Málaga y que ya estaba en libertad bajo fianza. Entonces dijeron que tenían que gastar mucho cuidado con el loco ese, porque no sabían lo que podía hacer, así que las chicas deberían de dejar de ir solas. Ellas estuvieron de acuerdo, pero pasó el tiempo y nada, por el cortijo también estaba todo tranquilo.

En Costa Rica los padres de Sofía habían hecho una buena casa y les enseñaban fotos a los cuatro de allí. Justi y Sofía les dijeron a los padres de esta que pensaban casarse y que les gustaría ir de viaje de novios allí a Costa Rica. Los padres de Sofia lo vieron bien, tanto lo de la boda como lo del viaje.

Pasó un tiempo y Sofia ya vivía en el Cortijo Raimundo. Se encargaba de llevar las cuentas y Justi era el encargado del cortijo. Andrés ya era abogado y Eva seguía de novia de Andrés. Así estuvieron un tiempo hasta que ya Justi y Sofia pensaron la fecha de la boda. Pensaron que se casarían en el mes de noviembre, que irían a Costa Rica un mes de luna de miel y, a la vuelta, Justi seguiría con lo del cortijo y Sofia también con el tema de las cuentas.

Así lo pensaron, lo hablaron con los padres de Sofia y así se hizo: el 15 de noviembre del 1995 se casaron Justi y Sofia. Justi tenía veinticinco años y Sofia veintidós, se fueron a Costa Rica de luna de miel y estuvieron un mes allí. Vieron casi todo el país y estuvieron en la finca de los padres de Sofia. La finca estaba muy bien cuidada, estaba todo muy bonito y allí disfrutaron mucho. Decían que aquello les encantaba y que Raimundo hizo muy bien en comprar aquella finca, que luego de mayores les gustaría quedarse a vivir allí.

Llovía todos los días y hacía el mismo clima todo el año, un clima primaveral. Tenían un montón de árboles de frutas tropicales que les encantaban. Para ellos, aquello era el paraíso. Cada vez que pudieran, irían una temporada allí. Pusieron entre los dos varios árboles frutales. Justi y Sofia eran muy felices y allí en Costa Rica disfrutaban muchísimo, pero llegó la hora de volver para España y se vinieron.

Llegaron y se aposentaron en el cortijo, cogieron una habitación para ellos en el cortijo grande y Justi siguió con sus labores del cortijo, mientras Sofia estaba en la casa y llevaba las cuentas de todo. Acabó la temporada de recogida de aceitunas y Sofía tenía más tiempo libre, y como ya se habían olvidado del Nomo, pues no gastaban cuidado.

Llegó la temporada de espárragos y a veces salían Sofía y Eva al campo a buscar espárragos solas, pero no se daban cuenta de que desde los terrenos de cerca de los montes del cortijo, estaba el Nomo. El Nomo iba cojeando, aparcaba su coche en unos cerros de enfrente de donde Sofía y Eva iban a buscar los espárragos, cogía unos prismáticos y el cabrón las veía desde lejos.

El hombre iba todos los días a acechar, como el que acecha a un conejo; sabía todos los pasos de Sofía y Eva. Un día las vio entrar en la cueva desde donde estaba el Nomo y él ya supo que a ellas les gustaba ir allí.

El Nomo estaba todos los días al acecho. Un día fue Sofía con Eva a la cueva y estuvieron bastante rato. Cuando quisieron darse cuenta, el Nomo estaba en la entrada de la cueva, lo vieron y se asustaron muchísimo, pero él iba preparado. Les apuntó con una pistola y les dijo que si gritaban, las mataría. Ellas estaban las dos juntas y asustadas. El Nomo le dijo a Eva, apuntándole con la pistola, que fuese hacia él, pero ella no quería ir y el Nomo les dio una voz. Las amenazaba con matarlas. Entonces, Eva, asustada, se acercó, y el Nomo le ató las manos y la sentó a un lado de la cueva, y le dijo que se estuviera quieta, que no se moviera.

Luego, se acercó a Sofía apuntándole con el arma, llegó a su altura y le dijo que se estuviera quieta. Cogió otra cuerda, le ató las manos a la espalda y le puso un pañuelo en la boca para que, si gritaba, que no se escuchara. Se fue hacia Eva y le puso otro pañuelo en la boca. Ya las tenía a las dos atadas y amordazadas y se fue otra vez hacia Sofía con la pistola. Sofía estaba de pie y él le decía que no se moviera. Sofía obedecía. El Nomo empezó a tocarle los pechos, y ella intentaba quitarse, pero él la obligaba diciéndole que no se moviera y que se estuviera quieta. Sofía intentaba aguantarse; era difícil, pero cerró los ojos y se estuvo quieta. El Nomo empezó a tocarla por todos lados, la tumbó boca arriba y Sofía ya no sabía qué hacer. Gritaba, pero con el pañuelo en la boca no se le escuchaba. Se movía para los lados, pero el Nomo, que había soltado la pistola al lado de él, la sujetaba con fuerza.

Eva, que estaba sentada al otro lado de la cueva, se intentaba desatar, pero de momento nada. Gritaba, pero al igual que Sofía, no se le escuchaba. Allí, Eva pensaba atada, que no podía hacer nada, así que intentaría desatarse. Lo intentaba, pero lo malo es que presenciaba todo lo que el Nomo le estaba haciendo a Sofía y para Eva eso era lo peor. Sofía le había contado a Eva que estaba embarazada y Eva se acordaba mucho de eso, pero de momento no conseguía soltarse. Seguía intentándolo, mientras el Nomo consiguió quitarle a Sofía la ropa. Quería violarla, pero Sofía no se dejaba y se defendía como podía; moviéndose, pateándole. Hacía todo lo que podía, pero el Nomo consiguió violarla.

Sofía se quedó tumbada, llorando, hecha polvo. El Nomo le dijo a Eva que ahora le tocaba a ella, pero Eva, de tanto que insistió en desatarse cuando el Nomo se acercaba a ella, ya estaba suelta. Dejó que el Nomo se acercara y consiguió darle un rodillazo en la entrepierna. El Nomo disparó, pero no le dio. Eva corría de él para que no la matara y el Nomo le disparó otra vez, pero no le dio. Eva consiguió salir corriendo de la cueva. Corría y corría; pensaba en librarse de que la matara y buscar ayuda. Cuando se alejó un poco de la cueva, escuchó otro disparo. Eva pensó que el Nomo había matado a Sofía. Entonces, Eva corrió y corrió todo lo rápido que pudo y llegó al cortijo.

Allí estaba Justi. Eva llegó casi sin poder hablar de tanto correr, pero le cogió la mano a Justi, y cuando pudo, le dijo que corriera. Justi preguntó que dónde estaba Sofía, y Eva le dijo que había llegado el Nomo a la cueva y Justi volvió a preguntar por Sofía. Ella le volvió a decir que corriera. Justi cogió rápido el coche, se subieron y fueron en coche hasta donde pudieron, se bajaron y salieron corriendo hacia la cueva. Justi llegó primero, entró en la cueva y vio a su mujer tendida en el suelo, muerta, atada con las manos en la espalda y desnuda. Al ver aquello se vino abajo, se abrazó a ella y lloraba y lloraba con ella abrazada.

Entró Eva a la cueva y vio que Sofía estaba muerta, se echó a llorar y abrazaba a Justi. Allí se tiraron un buen rato llorando con Sofía en los brazos de Justi y apoyada en el suelo. Cuando se cansaron de llorar, Eva vio que le había dado el Nomo un tiro en la cabeza a Sofía y luego lo vio Justi. Los dos estaban muy mal.

Al rato fueron reaccionando y Justi le preguntó a Eva que qué había pasado. Eva le explicó lo ocurrido y Justi, sin fuerzas, seguía abrazando a su mujer. Eva reaccionó un poco mejor y pensó en ir al cortijo a pedir más ayuda. Le dijo a Justi que ahora volvería y él ni le contestó de tan mal que se sentía; tan solo le hizo un movimiento con la cabeza diciéndole que vale y Eva se fue. Llegó al cortijo y se lo dijo a los que había allí. Llamaron a la Guardia Civil y dijeron que había habido un asesinato. Los picoletos les dijeron que iban para allá, que hubiera alguien en el cortijo que los pudiera llevar hasta la cueva y que nadie fuera a tocar nada. Se fueron para la cueva los padres de Justi, Eva y sus padres, y se quedaron los hermanos de Eva en el cortijo esperando a los picoletos. Eva les dijo a sus hermanos por dónde estaba el sitio.

Llegaron a la cueva Eva y los demás, entraron y se lio un río de lágrimas. Al rato llegaron los picoletos y los hermanos de Eva. Entraron todos en la cueva y vieron todo lo ocurrido. Los picoletos fueron despejando la cueva. A Justi lo cogieron entre dos y lo dejaron sentado enfrente de Sofía. Le dijeron que no podía tocar el cadáver. Justi estaba como sonámbulo, como si no estuviera allí. No reaccionaba, no hablaba, no se movía. Lo sentaron en la silla y se quedó inmóvil y callado; estaba en *shock*.

Se quedaron en la cueva los picoletos; iban dos. Justi estaba allí sentado, como si fuera una estatua, y los picoletos llamaron al forense y a los que tenían que ir en esos casos. Allí llegaron al rato un montón de gente: psicólogo, forense, los de las huellas y todos los que hacen falta para cosas así.

A Justi le hablaba el psicólogo, pero él parecía no estar en este mundo. Cuando ya iban a proceder al levantamiento del cadáver, Justi reaccionó; no quería que nadie tocara a Sofía. Tuvieron que sujetarlo entre tres picoletos. Procedieron al levantamiento del cadáver y se llevaron a Sofía. Luego, más tarde, pudieron ir calmando a Justi, hasta que al final consiguieron llevárselo para el cortijo y se fueron todos de allí, menos los que tenían que investigar: los de huellas y otros pocos.

Llegaron al cortijo. Justi entró, se sentó en el comedor y se quedó allí como estaba antes en la cueva, como si no estuviera en este mundo. A Sofía se la llevaron al instituto forense, ya que allí le tenían que hacer la autopsia.

Al otro día, fueron al cortijo los picoletos con los resultados de la autopsia y se lo dijeron al Justi, que todavía estaba como zombi, pero le dolió más cuando le dieron los resultados. Le dijeron que su esposa había muerto de un disparo en la cabeza y que estaba embarazada de mellizos, probablemente de dos meses.

Justi, al escuchar eso, se quedó inmóvil. No hizo nada más que llorar y llorar. Él no sabía que Sofía estaba embarazada. Sofía precisamente quería contárselo el día que la mataron, pero solo lo llegó a hablar con Eva cuando iban para la cueva. Le contó que llevaba ya dos retrasos y que le parecía que estaba embarazada, que se lo diría a Justi y que quería ir al médico para ver si todo eso estaba pasando de verdad, pero a la pobre no le dio tiempo. ¿Quién iba a pensar que el loco del Nomo iba a hacer lo que hizo? El Nomo estaba, de la paliza que le dieron en la cárcel, más loco de lo que estaba antes. Lo que le hizo a Eva un tiempo atrás fue una de sus locuras, pero esto de Sofía ya era demasiado. El Nomo andaba huido de la justicia.

Justi estaba mal, muy mal. Enterraron a su mujer. Los padres de Sofía estaban fatal y todos los que la conocían. Después del entierro, Justi solo quería estar en su dormitorio, no quería comer, no quería nada, no tenía ganas de vivir; pensaba nada más que en Sofía y en los hijos que hubiesen tenido y no paraba de darle vueltas. No quería ver a nadie ni nada; solo quería estar solo. Así estuvo unos días. Luego, con la ayuda de los psicólogos, se fue animando a comer y a intentar tirar para adelante. Fueron pasando los días y poco a poco se iba reponiendo.

Al cabo de un mes desde la muerte de Sofía, Justi empezó a trabajar. Decía que necesitaba estar entretenido con algo. Iba trabajando, comía y poco más. Todos los demás estaban muy mal también, pero con el paso del tiempo se iban reponiendo.

Justi iba a la tumba de Sofía todos los días y le hablaba un buen rato allí. Luego, iba para el cortijo y se metía en su habitación. No quería mucha relación con nadie. Estaba ya un poco mejor, pero todavía estaba muy mal. Fue pasando más tiempo y todos se iban reponiendo de la tragedia. Intentaban seguir con sus vidas. Los padres de Sofía y Andrés estaban muy mal, aunque mejor que Justi. Así, poco a poco pasó un año desde la muerte de Sofía, y ya estaban todos un poco mejor. Las cosas empezaban a ir poniéndose en orden, nunca como antes, pero todos intentaban tirar para adelante como podían.

Al año y medio de la muerte de Sofía, el padre de Justi murió. Le dio una embolia y murió. A Justi, que era el que estaba todavía mal de la muerte de Sofía, se le juntó otra pena más: la pérdida de su padre. También le afectó bastante, entre lo que tenía encima y ahora la muerte de su padre, se puso más triste y empezó a beber alcohol. Se ve que era tanta la pena que tenía, que encontró consuelo en la bebida. No bebía en el cortijo, sino que salía fuera y bebía; así ahogaba sus penas. En el rato que bebía, se olvidaba de todo.

Una noche salió y bebió demasiado. Se subió en su coche y, al salir ya de Jaén, cuando él vio un buen sitio para parar, paró el coche. Estaba sentado en el asiento y se quedó dormido del efecto del alcohol. Al rato, pasó un coche de picoletos, pararon, abrieron la puerta del coche de Justi por donde él estaba y se despertó. Los picoletos le pedían documentación, y él, con todo lo que le habían hecho antes los picoletos, no los quería ni ver. Ellos le pedían la documentación y él decía que no, que no se la quería dar, porque no estaba haciendo nada malo.

Vieron que Justi estaba bien borracho, así que los picoletos le pidieron que se bajara del coche. Justi salió y no se podía ni mantener en pie, y sin él querer, se fue hacia uno de los picoletos con el cuerpo hacia adelante, como para caerse al suelo, pero el picoleto creía que Justi le iba a agredir o algo así. El picoleto sacó la porra y le pegó a Justi un buen porrazo en la cabeza. Justi cayó al suelo, y con el alcohol que llevaba en el cuerpo, no podía levantarse.

Justi solo pedía que no le pegaran porque él no había hecho nada, pero los picoletos se liaron los dos a darle patadas por todos lados. Justi se cubría la cara y la cabeza con sus brazos como podía. Él conoció a los picoletos; sus caras no se les iba a olvidar nunca, pero los picoletos, una vez que empezaron a pegarle patadas hasta en el cielo de la boca, siguieron y siguieron hasta que lo dieron por muerto y lo dejaron tirado en el suelo.

Los picoletos cogieron su coche y se largaron, y allí dejaron a Justi al lado de la puerta de su coche, tirado en el suelo e inconsciente. Estuvo así toda la noche, hasta por la mañana muy temprano. Pasó un coche al lado de donde estaba Justi y lo vieron los que iban en el coche. Entonces pararon. Iban dos hombres. Se preguntaban que qué le había pasado, y uno de ellos fue a ver si Justi respiraba. Lo cogieron entre los dos, lo subieron al coche y lo llevaron al hospital. Llegaron a Urgencias. Salieron unos enfermeros y los dos hombres les dijeron dónde lo habían encontrado tirado en el suelo. Los enfermeros lo metieron en el quirófano. Tenía sangre por todos lados, lo examinaron y vieron que estaba reventado por todos los sitios, así que lo escayolaron casi por completo. Tenía huesos partidos y costillas partidas, y muchos golpes en la cabeza, pero estaba vivo.

Justi estuvo en el hospital tres días en coma, y al cuarto día despertó. Estaba su madre a su lado. Justi preguntó que qué le había pasado y ella le contestó que no sabían muy bien nada, pero que le habían pegado una buena paliza y que estaba vivo de milagro. Le contó que los médicos habían dicho que menos mal que Justi era joven y fuerte porque si no, a lo mejor hubiera muerto. Justi se volvió a dormir, pero ya no estaba en coma. Los médicos, que vinieron avisados por su madre, dijeron que ya había despertado del coma y que se le dejara tranquilo por el momento, que se despertaría más tarde.

La madre de Justi se quedó allí en el hospital. Luego fueron también por el hospital el cuñado, Andrés y Eva, los padres de Andrés y los padres y hermanos de Eva. Todos iban por el hospital para ver cómo estaba Justi, pero de momento solo se quedaba su madre con él en la habitación; por eso fue la primera en verlo despierto y hablar un poco con él. Luego, por la noche, se volvió a despertar. Su madre estaba a su lado, dormida, cuando Justi se despertó y vio que tenía un montón de cosas enchufadas al cuerpo. Intentó moverse, pero no podía. Vio que solo podía mover los dedos de las manos y de los pies. Entonces pensó que inválido no estaba porque podía mover los dedos, pero él se preguntaba que qué le había pasado.

Allí, tumbado en la cama, vio a su madre al lado y no quiso despertarla. Estuvo un buen rato despierto y queriendo recordar qué le había pasado, pero de momento no recordaba nada. Al cabo de una hora, vio que su madre se despertaba y hablaron los dos un poco. La madre le preguntó que cómo se sentía, y él le contestó que estaba mal, que le dolía hasta el alma y no recodaba nada. La madre le dijo que no sabía quién, pero que le habían pegado una paliza y que le habían dejado tirado al lado de su coche, y que si no hubiese sido por los hombres esos que se lo encontraron, se habría muerto desangrado media hora más tarde. Él seguía diciendo que no recordaba nada y la madre llamó a los médicos. Vinieron y lo estuvieron reconociendo. Le preguntaban cosas, pero él no se acordaba de nada. Los médicos le dijeron que descansara, así que se durmió y la madre también.

A la mañana siguiente, Justi se despertó, estuvo un rato solo despierto y la madre se despertó más tarde. Él intentaba recordar algo, pero todavía no recordaba nada. La madre se despertó y estuvieron los dos hablando. Él le hacía preguntas a su madre. Le preguntó que qué día fue cuando le pasó eso, y la madre le iba contestando lo que sabía. Justi, con los datos que le iba dando su madre, fue poco a poco recordando, hasta que por fin llegó a recordar que él estaba en su coche dormido porque no veía bien conducir, ya que había bebido demasiado, y empezó a recordar. Luego, entraron los médicos y vieron cómo iba evolucionando y se fueron.

Justi siguió hablando con su madre un buen rato, hasta que se quedó otra vez dormido. Entonces, la madre aprovechó para ir a desayunar y luego ya más tarde regresó a su lado. Cuando se volvió a despertar, Justi ya tenía las ideas más claras. Recordaba que llegaron dos picoletos y que uno le pegó con la porra en la cabeza. Luego del porrazo ese, recordaba que le pegaban por todos lados, que eran dos, y se iba acordando de sus caras. Iba recuperando la memoria. Le empezó a contar a su madre lo que recordaba y ella se quedó de piedra. Le preguntaba que si estaba seguro, y él le contestaba que sí, que estaba seguro y que recordaba sus caras. Justi le contó todo con detalles y la madre lo creyó. Le dijo que descansara, que tenían tiempo de averiguar todo lo que pasó. Ella quería que descansara porque aún estaba muy débil. Justi se volvió a dormir. La madre salió de la habitación para comer; luego regresó al lado de su hijo.

Al rato llegaron Andrés y los demás. La madre de Justi estuvo con ellos hablando en la sala de espera. Les contó que Justi se había despertado un par de veces y que había recordado lo que había pasado. Allí estuvieron un rato hablando todos. Luego despertó Justi y estaba una enfermera con él. Avisaron a todos de que había despertado y dejaron entrar a los familiares que estaban allí para verlo. Poco a poco, de dos en dos, lo fueron viendo y hablando un ratito con él. Luego, se fueron los familiares. Se llevaron a la madre, que llevaba allí muchos días en el hospital, ya que la mujer ya estaba mayor y delicada de salud. Se quedó esa noche su cuñado Andrés. Justi se durmió después de irse todos y Andrés se pudo a su lado y se durmió también.

A la mañana siguiente, cuando se despertó Justi, vio que su cuñado estaba allí a su lado y lo dejó que durmiera. Andrés se despertó al ratito de despertarse Justi, y este le contó a su cuñado todo lo que recordaba de lo sucedido. Andrés le dijo que habría que denunciar, y Justi le dijo que todavía no, que esperase. Andrés le dijo que esperaría unos días y ya volverían a hablarlo todo. Allí estuvieron los dos hablando un rato y luego Andrés se fue a desayunar y Justi se durmió otra vez. Después, vinieron los familiares de nuevo, hablaron con los médicos y le dijeron a la familia que Justi se recuperaría de todas las lesiones, pero que sería un proceso lento y que tuvieran paciencia. La familia agradeció a los médicos todo lo que habían hecho por Justi y les dijeron que comprendían la gravedad de las lesiones y que eso tardara en curar.

Entraron de dos en dos y hablando un rato con él. Esta vez se quedaría Eva a cuidar a Justi. Andrés se fue para el cortijo y así se iban turnando. Luego, dejaron que su madre se quedara con él y después a Andrés. Hasta que Justi se pusiera mejor, iban y venían todos al hospital. Cuando Justi estaba mejor, hablando él y Andrés del tema de la denuncia, Justi, después de pensárselo mucho, decidió que era mejor que no porque era su palabra contra la de los picoletos y él no acabaría bien, pero tenía tiempo para pensar en el hospital y a lo mejor cambiaba de opinión. Sin embargo, de momento estaba bien la cosa como estaba. Andrés lo comprendió, lo respetó y se fue para el cortijo. Se tenía que ir para Granada a resolver unos asuntos, y los padres de Andrés también se fueron para Granada. Allí se iban turnando los hermanos de Eva y sus padres para ver a Justi.

Así fueron pasando los días y Justi se estuvo recuperando poco a poco. Estuvo cuatro meses hospitalizado cuando le dieron el alta y le dijeron que estuviera de baja otros dos meses, que fuera a revisión y que ya los médicos le darían el alta para trabajar. A Justi no le quedaron secuelas físicas de la paliza, se fue curando muy bien, y como era joven, los huesos unieron bien.

Al cabo de seis meses de la paliza, le dieron el alta médica. Ya podía trabajar, así que empezó a trabajar en el cortijo como antes. Era verano cuando le dieron el alta y de vez en cuando iba con su cuñado y con Eva a Málaga a la playa. Justi intentaba recuperarse de todo lo que había pasado y poco a poco se iba haciendo a su nueva vida.

Lo de la paliza lo tenía él en mente, ya los localizaría, y tenía pensado para esos dos cerdos que le hicieron eso un buen castigo. Los padres de Sofía habían sufrido mucho tras el asesinato de su hija e intentaban seguir con su vida como mejor pudieran. Andrés lo mismo; andaba trabajando ya de abogado y eso lo tenía distraído y ocupado. Así pasó un tiempo.

Luego, el padre de Sofía empezó a ir de montería. Invitaba a su hijo Andrés y a su yerno Justi. Iban de vez en cuando por Cazorla y por otros sitios de Jaén. Justi siempre ganaba en las cacerías; era el mejor, no fallaba, era el número uno. Pasó un tiempo de cacería en cacería y luego trabajando en el Cortijo Raimundo.

Las cosas se iban normalizando. Andrés y Eva pensaron en casarse, lo hablaron y pusieron fecha. Se casarían en primavera el 1 de marzo de 1996. Andrés ya tenía veintiséis años y Eva veintitrés. Se casaron y fueron de luna de miel a la finca de Costa Rica. Se fueron un mes, como antes lo hicieron Sofía y Justi. Se lo pasaron muy bien allí en Costa Rica. Era difícil pasárselo mal con ese clima tan estable y ese mar tan templado, y con esos paisajes tan verdes y bonitos. Allí disfrutaron de lo lindo Andrés y Eva. Decían que cuando fueran mayores les gustaría quedarse a vivir en Costa Rica.

Se les acabó la luna de miel y regresaron a España. Eva se quedó en el Cortijo Raimundo y Andrés trabajaba de abogado en Jaén, en la capital. Así vivían en el cortijo y estaban cerca de la familia de Eva y de Justi. Los padres de Andrés eran los que seguían más en el Cortijo de los Olivos en Granada e iban más a menudo por el chalet de Nerja, pero ya estaban un poco mayores. Hablaron con Andrés para ver qué iban a hacer con los cortijos, sobre todo con el de Málaga y el de Granada, que eran los que Raimundo padre estaba gestionando.

Andrés buscó a encargados para esos dos cortijos y él supervisaría todo para que fuese bien. Los padres de Andrés quedaron en que se iban para la finca de Costa Rica, que a todos les encantaba, ya que querían echar allí el resto de sus vidas porque se sentían mejor que por aquí por España. Se fueron los padres para Costa Rica y quedaron en que Andrés cuidaría de todo en España y que iría cada año por la finca de Costa Rica a ver a sus padres y decirles cómo iba todo por España. Justi quedó en que iría con Andrés y Eva.

Justi iba de cacería él solo de vez en cuando, y de montería por Cazorla y sitios cercanos. Así iba pasando el tiempo, hasta que un día por casualidad se cruzó con los picoletos que le pegaron la paliza. Él pasó cerca de ellos con su coche con los cristales cerrados; ellos no lo vieron a él, pero él sí y los reconoció. Se enteró de en qué cuartel estaban esos dos trabajando y los fue observando hasta que sabía sus pasos. Justi, cuando estaba en su habitación solo, se acordaba mucho de todo lo que le habían hecho los picoletos, desde las primeras multas sin motivo, el chequeo que les hicieron, luego el intento de violación a Eva, y ya lo peor cuando mataron a su mujer, y después, la paliza en la que casi le dan por muerto. Todo eso se le venía a la mente una y otra vez. Él tenía un rifle con mira telescópica y potente, y era tan bueno con las armas, que podía alcanzar con ese rifle un blanco a mil ochocientos metros de distancia. Le preparó un silenciador al rifle y preparó balas explosivas. Tenía una cosa en la cabeza: matar a los que le pegaron la paliza. Se quería asegurar de que los picoletos no pegarían a nadie más. Fue observándolos; sabía dónde podía hacer lo que tenía en mente. Los picoletos se ponían a parar a los conductores todos los lunes por la mañana en el mismo sitio. Vio bien el sitio y se aseguró de que desde un monte cercano podía hacer blanco y huir con facilidad sin levantar sospecha.

Entonces, un lunes se fue al lugar que él había escogido, se preparó y esperó. Llegaron los picoletos a su lugar de parar a los vehículos. Justi se preparó y, cuando bajaron los dos picoletos del coche y se pusieron los dos al filo de la carretera, Justi, sin pensárselo, disparó. Para él fue facilísimo. Primero, a uno un tiro en mitad de la cabeza, y luego, al otro. No le dio tiempo al segundo de hacer nada. Justi era el mejor tirador. Cayeron los dos picoletos en décimas de segundos, los dos con tiros perfectos en mitad de la cabeza, y como eran balas explosivas, las cabezas saltaron en pedazos.

Recogió sus cosas, se fue tranquilamente a su coche, se marchó, guardó el rifle, y él tan tranquilo. Lo único que hizo fue echar un suspiro. Se dijo a sí mismo que quedaban dos menos y se quedó tan tranquilo.

Luego salió lo de los picoletos en las noticias, le echaron la culpa a ETA y ahí se quedó la cosa de momento. Justi iba preparando su nuevo golpe. Les tomó un odio a los picoletos que ya le daba igual; iba a cargarse a todo el que él viera que le había hecho daño y tenía a unos pocos en su punto de mira: uno que acompañaba al Nomo cuando les registró a todos, sobando a las chicas; otro que iba con el Nomo cuando los multaban sin motivo… Tenía una lista de diez picoletos además del Nomo, al que Justi estaba deseando que cogieran. El Nomo estaba en busca y captura, y Justi confiaba en que lo cogieran y se enterara.

Pasaron unos días desde que Justi les reventó la cabeza a los dos picoletos, y aunque los de la ETA sabían que no habían sido ellos, lo dejaron así, ya que les venía bien que se pensaran que habían sido ellos para conseguir crear terror. Por este motivo, la ETA no dijo nada, y aquello se fue callando y pasando a un segundo plano. Eso sí, los picoletos estaban como las avispas por aquello de los dos compañeros muertos y de esa manera, con la cabeza hecha una granada, pero por mucho que los picoletos quisieran, no daban con ninguna pista y el caso no prosperaba, estaba estancado.

Al cabo de unos meses Justi localizó a otra pareja de picoletos que le había hecho daño. Preparó con meticulosa cautela el lugar donde poder ejecutarlos y, como Justi era un profesional, lo llevó a cabo otra vez. Desde más de un kilómetro se ocultó entre matorrales, esperó a tener a tiro a la pareja de picoletos y otra vez igual, los dejó secos de un disparo a cada uno en mitad de la cabeza con balas explosivas.

Aquello ya en los picoletos empezó a ser una cosa de mayor prioridad para ellos averiguar qué estaba pasando. Antes de decir nada, investigaron, pero sin resultados. Entonces le dijeron a la prensa otra vez que todo apuntaba a la banda terrorista ETA y ahí se quedó otra vez la cosa.

Los etarras callaron. Les interesaba ese terror que iban cogiendo. Callaban, y los picoletos no tenían ni idea de por dónde venían los tiros. Los picoletos cada vez estaban más cagados de miedo. Los que salían a patrullar a las afueras de Jaén, estaban todos cagados de miedo porque pensaban cuándo sería su turno. Así andaban, todos querían evitar salir fuera a poner multas; temían al cazador de los picoletos. Así le pusieron a Justi sin ellos saber de quién se trataba.

Pasaron unos meses del segundo asesinato que cometió Justi y otra vez se fue calmando la cosa. Justi sabía muy bien dónde esconderlo todo, hacer sus apariciones y conseguir su objetivo. No había sospecha alguna. Él trabajaba en su objetivo. Trabajaba en el Cortijo Raimundo como siempre y por el cortijo las cosas andaban como de costumbre; nada hacía sospechar que Justi fuera el cazador de los picoletos. Andrés y Eva iban y venían del Cortijo Raimundo a los otros, el de Granada y el de Nerja. En las familias andaba todo normal. Pasaba el tiempo, y aunque Justi se acordaba mucho de su mujer Sofía, con el tiempo se fue acostumbrando a vivir así, solo. Únicamente tenía el cariño de su madre y familiares y la satisfacción de ir quitando de en medio a los que le habían jodido la vida. Justi les tenía un odio a los picoletos que era demasiado. Cuando conseguía quitar de en medio a algunos, ese día en su casa lo celebraba, bebía alcohol, pero con moderación, alzaba el vaso al aire y decía que era por Sofía y hacía como que brindaba con ella.

El Nomo estaba escondido en un barranco cerca de Nerja, en Maro. Vivía en una cueva y se había dejado el pelo largo y la barba, y llevaba un sombrero de paja siempre puesto. Estaba irreconocible para cualquiera que lo conociera de antes. Salía de la cueva con cuidado de que no lo viera nadie; tenía un amigo al que le encargaba que le comprara comida. Así se lo montaba allí oculto en la cueva de Maro.

Justi estaba deseando que lo atraparan y enterarse de dónde estaba el Nomo, pero de momento nada, pasaba el tiempo y del Nomo nada de nada. Justi fue ejecutando a otros dos, y luego a otros dos, hasta que mató a diez picoletos, todos del mismo modo. Los picoletos estaban todos más cagados que moscas, pero no podían dar con alguna pista. Justi ya estaba tranquilo, había quitado de en medio a todos los que le hicieron algo; solo le quedaba el Nomo.

Un día salió en las noticias que el Nomo había sido apresado en Nerja. Claro, tarde o temprano lo cogerían. Un día salió el Nomo de la cueva y tuvo la mala suerte de cruzarse con los municipales. Ellos lo vieron así con la pinta que tenía y le pidieron el DNI. El Nomo intentó correr de los municipales de Nerja, pero como estaba cojo, no pudo despistarlos. Lo cogieron rápido y lo llevaron a la comisaría de Nerja. El Nomo no decía nada, ni su nombre ni nada. Entonces le tomaron las huellas y lo encerraron en el calabozo. Los municipales llamaron a la Policía Nacional e investigaron con las huellas hasta que averiguaron que al que tenían en el calabozo era al picoleto que estaba en búsqueda y captura por el asesinato de Sofía. Entonces lo dejaron en Nerja detenido y llegó a oídos de la prensa. Justi lo vio y se puso en movimiento para preparar su último golpe. Tenía en mente que si conseguía su objetivo con el Nomo, dejaría de matar gente. Decía que el Nomo era el último de los que le habían hecho daño, y que si podía, a este le dispararía con más balas que a los otros. Mientras, su cuñada, estaba embarazada de nueve meses, y resultó que el mismo día que Justi acabó con su venganza, Eva dio a luz una preciosa niña a la que puso Sofía, en honor a la mujer de Justi.

Justi se enteró de que llevaban al Nomo a la cárcel de Alhaurín de la Torre, en Málaga. Él, con el tiempo, había preparado otra arma mucho más potente, ya que disparaba muchas balas en muy poco tiempo. Justi se instaló en un monte cercano a la cárcel, desde donde podía ver la entrada de la cárcel y tenía la huida bien organizada. Se preparó y espero a las ocho de la tarde del día 7 de julio de 1998. Llegó a la entrada de la cárcel de Alhaurín un coche de picoletos del que salió el que conducía y después el otro que iba de copiloto. Abrieron la puerta trasera del coche y Justi ya estaba viendo por el visor de su arma todo bien y claro. Vio que al que sacaban del coche efectivamente era al Nomo.

Un picoleto lo sacó del brazo y el otro lo cogió del otro brazo. Estaban de cara a Justi.

Justi disparó y salieron cuatro balas, una detrás de otra, rápidamente, impactando la primera entre las piernas del Nomo; la segunda, en el estómago; la tercera, en el pecho; y la última, en mitad de la cabeza. Las balas eran explosivas, así que aquello formó un gran charco de sangre y salieron pedazos del cuerpo del Nomo por todos lados en un diámetro de unos quince metros. Los picoletos que lo sujetaban, al ver los disparos impactar en el Nomo, se tiraron al suelo. Quedaron totalmente encharcados de sangre.

Aquello luego fue una gran expectación televisiva, porque los medios, después de ocurrir los hechos, lo difundieron todo. Los medios estaban allí para grabar la entrada en prisión del Nomo y se encontraron con lo que pasó. Aquello se vio multitud de veces por la televisión y la gente decía que se había hecho justicia. Justi salió airoso de su escondite en el monte y se fue para Jaén. No levantó sospecha alguna; era un buen especialista y lo hizo perfecto todo.

Luego, en el Cortijo Raimundo se enteró del nacimiento de su sobrina y de que nació en el instante en el que él disparó al Nomo. Casualidades de la vida, pero así fue. Justi fue al hospital donde había nacido su sobrina, la vio y pensó: «Qué orgullo y satisfacción tengo». Se parecía mucho a su difunta mujer, tenía sus mismos ojos, y en el rostro le daba bastante aire. Eso a él le encantó y se lo dijo a su cuñado y a su cuñada. Los tres estaban supercontentos.

Andrés y Eva no sabían todavía nada de la muerte del Nomo; estuvieron muy ocupados con el nacimiento de su hija.

Luego, ya le dieron el alta al bebé a los tres días y se fueron para el Cortijo Raimundo. Allí se enteraron de la muerte del Nomo, sobre todo Eva, que estuvo a punto de ser violada por el Nomo y que estuvo en la cueva con Sofía. Ella opinaba que lo que le había pasado al Nomo le estaba bien merecido y se alegraba de que hubiera acabado así, y todos los del cortijo opinaron igual. Decían que había tenido su merecido, que se había hecho justicia y que gracias al cazador de los picoletos podían dormir en paz y se acordaban de Sofía. Los padres de Andrés vinieron a conocer a su nieta; estuvieron un mes en el Cortijo Raimundo. En ese mes hablaron de cómo iban las cosas por Costa Rica y quedaron en que cuando la niña estuviera un poco más grande, que irían Andrés y Eva con ella a Costa Rica a que la vieran sus abuelos. Quedaron para cuando se acabara la temporada de la aceituna de ese año, que ya tendría ocho meses. Bautizaron a Sofía unos días antes de que sus abuelos regresaran a Costa Rica. El padrino fue Justi y la madrina fue la madre de Justi. Quedaron con Raimundo padre para ir a Costa Rica después de que regresaran Andrés y Eva con su niña.

Las cosas iban bien como siempre. De los asesinatos de los picoletos de momento nada; no tenían pista alguna de por dónde iban los tiros. Justi fue muy meticuloso. La última arma que empleó con la muerte del Nomo la hizo pedazos con una radial, pedazos pequeños, y los mezcló con otros de chatarra, los cuales llevó a una chatarrería y los hizo desaparecer. Justi no dejó ni rastro, y a los picoletos, que le llamaban el cazador de los picoletos al que estuvieron detrás de esos crímenes, no les interesaba dar bombo al asunto. Fueron callando, y como en unos meses posteriores a la muerte del Nomo ya no se producían más muertes de ese modo, la cosa se fue enfriando y con el tiempo se fue olvidando. Los picoletos todavía creían que aquello podía ser obra de la banda terrorista ETA. Eso es lo que los picoletos difundieron a la prensa y ahí se quedó la cosa, porque no consiguieron dar con ninguna pista. La cosa se quedó sin resolver y nunca se resolvió. Al final, se olvidó.

Por otro lado, Justi y todos sus familiares empezaron a hacer vida normal. La cicatriz de la muerte de Sofía se iba cerrando poco a poco. Justi no dejaba de ir a la tumba de Sofía. Tomó por costumbre ir todos los domingos que podía. Allí, en su tumba, se quedaba unas horas, y le llevaba siempre flores. Se las iba cambiando y hablaba con la foto que tenía la tumba de Sofía. Justi siempre estaba atento para que no fuera a oír nadie lo que le decía a la foto, y así fue: nadie le oyó decir nada el día que le dijo a la foto que ya se había encargado del Nomo y que podía descansar en paz, que su asqueroso asesino ya estaba como tenía que estar.

Justi, en el cortijo, iba haciendo las faenas de costumbre. Eva y Andrés también estaban con sus asuntos; todo iba naturalmente bien. Llegó el fin de la campaña de le aceituna del año 1999. Andrés, Eva y su hija Sofía se fueron para estar en la finca de Costa Rica un mes. Llegaron, y sus padres los recibieron con mucha alegría. La niña, Sofía, estaba ya muy grande y guapísima. Sobre todo, la madre de Andrés se lo decía a su hijo, que se parecía mucho a su hija Sofía, y Eva y Andrés dijeron que sí que se parecía. Todos se echaron a llorar en memoria de Sofía y luego se despejaron. Fueron cada uno para un lado, volvieron a estar en calma e iban disfrutando de lo lindo que era todo aquello.

La finca de Costa Rica estaba ya preciosa, todo lo que habían sembrado ya estaba crecido y bonito, allí siempre había algún fruto que recoger: cuando no era el café, eran las guayabas o papayas, aguacates y de todo un poco. Por eso esa finca era tan especial. Además, la casa que construyeron los padres era muy bonita y se estaba muy a gusto allí con el clima que hacía. Era lo más parecido a un paraíso; por eso la finca se llamaba El Paraíso. Tenían una buena piscina al lado de la casa y todo estaba ordenado y había de todo. Allí cualquiera podía ser feliz; la situación lo hacía posible. Los trabajadores que llevaban los trabajos de la finca eran todos muy buenas personas, respetuosas y agradecidas por estar trabajando allí. Los padres de Andrés estaban supercontentos de estar viviendo allí, en el paraíso. Los padres les dijeron a Eva y a Andrés que cuando murieran, querían que los enterraran allí, en un rincón que ellos habían escogido, retirado un poco de la casa. Andrés les dijo que él se encargaría de que eso se hiciera de verdad, y el padre se lo agradeció. Andrés vio muy bien lo que le dijo el padre porque hasta él quería acabar su vida allí, en el paraíso.

Volvieron Andrés y Eva con su hija. A la llegada, vieron a Justi, le contaron lo bien que se lo habían pasado en Costa Rica y le preguntaron que cuándo iba a ir él. Justi les contestó que tenía que terminar unos trabajos que tenía empezados y después se iría él también un mes para Costa Rica. Andrés volvió a sus tareas de abogado y Eva estaba en el cortijo cuidando de su hija Sofía.

A la semana siguiente, Justi le dijo a su cuñado Andrés que había acabado con la faena que tenía que acabar y le dijo lo que tenían que seguir haciendo en el cortijo porque él se iba con su madre a que conociera la finca de Costa Rica. Andrés lo vio todo muy bien; le dijo que era muy bueno que su madre conociera aquello porque le iba a encantar. Justi y su madre se fueron. En el cortijo estaban de encargados Domingo y los dos hermanos de Eva, así que estaba todo controlado.

Llegaron a la finca de Costa Rica, vieron a los padres de Andrés, se alojaron en la casa y después los padres de Andrés fueron con la madre de Justi a enseñarle toda la finca. La madre de Justi disfrutaba; le gustaba muchísimo todo lo que estaba viendo. Justi, que estaba a su lado, le preguntaba si le gustaba, y ella le decía que sí, que era todo precioso. Él le preguntó que por qué no se quedaba allí y ella le contentó que estaría bien, pero que ya lo hablarían. Luego, Justi llevó a su madre por sitios que él y Sofía habían ido, y le contó anécdotas que habían vivido Sofía y él y los planes que tenían porque su futuro habría sido irse a vivir allí. La madre le decía que era una pena todo lo que pasó, pero que él no podía hacer nada, solo recordarla con cariño y guardársela en su memoria. Él le dijo que eso era lo que hacía.

Luego la madre le empezó a decir que la vida le había quitado lo que más quería, pero que aún era joven y que la vida le tenía que dar algo más, como, por ejemplo, otra mujer a la que pudiera querer y formar una familia, y él le decía que aún en esas cosas no pensaba. La madre le decía que estaba a tiempo de casarse, formar una familia y, sobre todo, ser feliz, porque tendría que empezar a serlo y pensar un poco en él. Después de eso le dio un gran abrazo a Justi. Él le dijo que ya el tiempo diría y se fueron para la casa. Allí se juntaron con los padres de Andrés. Ellos también le hablaron de lo mismo que su madre. Por ellos no había problema de que se volviese a casar porque para ellos él era como un hijo más y tenía derecho a rehacer su vida. Justi les dio las gracias por su comprensión y cariño y que el tiempo ya iría diciendo.

Luego, salió la conversación de si la madre de Justi se podía quedar allí con ellos, y ellos dijeron rápidamente y rotundamente que sí, que les encantaría que la madre de Justi se quedara allí. La madre de Justi le preguntó a él que si le daba igual quedarse solo en el Cortijo Raimundo, y él le contestó que claro, que por eso no se preocupara, que él estaría bien y que vendría a verla cada vez que pudiera porque quería que su madre disfrutara de aquello y de los años que le quedaban. Al final, entre todos la convencieron de que se quedase allí a vivir. Antes de que Justi se viniese para España, fueron con su madre por muchos sitios del país y a su madre le encantaba todo lo que por allí veía. Estaba muy contenta de haber ido a conocer ese país, y la madre de Sofía estaba muy contenta de que la madre de Justi se quedara, ya que así las dos estarían juntas y se lo pasarían muy bien por allí.

Mientras, por España, los picoletos, un día en un control que tenían puesto cerca de Ronda, pararon a un coche en el que iba un hombre solo. Le dijeron que abriese el maletero y le encontraron un rifle de largo alcance y dos balas explosivas. El hombre dio sus explicaciones de por qué llevaba ese rifle con esas balas, pero los picoletos necesitaban un cabeza de turco, y fue ese hombre que pararon en Ronda el que cargó con el mochuelo. Lo culparon de ser él el asesino de los picoletos, ya que al ver el rifle y las balas explosivas no se lo pensaron. El hombre se defendió, pero quedó detenido e inculpado de ser el cazador de los picoletos. Le cayó cadena perpetua y los picoletos se colgaron sus medallas; lo que no sabían es que habían arruinado la vida de un inocente. El hombre llevaba ese rifle porque había estado cazando jabalíes y quería probar con las balas explosivas esas, pero no le sirvió de nada al pobre hombre y quedó preso para toda su vida. Los picoletos, por su parte, dieron por cerrado el asunto del cazador de los picoletos, y como ya después no pasó nada más, ahí se quedó la cosa.

Justi, cuando llegó de Costa Rica y se enteró del asunto, se dijo para sí mismo que era una injusticia que hubiesen encerrado a ese hombre, pero él hizo su justicia y ahí se queda, así que decidió callarse. Lo sentía mucho por ese hombre, pero no podía hacer nada.

Justi estaba orgulloso por haber matado él a los picoletos y al Nomo, y sabía que si estuviera Sofía viéndolo y pudiera hablar con ella, le diría que hizo lo que tenía que hacer. Nunca olvidaría a Sofía, pero le pedía a Dios que le diera fuerza para seguir con su vida.

Justi no volvió a recordar nada sobre el asunto de los picoletos. Fueron pasando los meses y la sobrina de Justi cada vez estaba más grande y cada vez se parecía más a Sofía. Estaban todos con la niña que se les caía la baba. Los padres de la pequeña Sofía iban dos veces al año a Costa Rica para ver a los abuelos y Justi iba después de llegar sus cuñados para estar con su madre y sus suegros.

Los padres de Andrés le dijeron que había que ir pensando en vender el cortijo de Nerja y el de Granada. Andrés lo veía bien y fue preparando la venta de los cortijos. Mientras, el padre de Andrés hizo construir dos casas más allí en Costa Rica, las dos cerca de la suya, pero no dijo nada, ni a su hijo ni a Justi. Raimundo quería darles una buena sorpresa para la próxima vez que fueran a Costa Rica. Una de las casas las quería para su Andrés y su familia, y la otra para Justi y su madre, de modo que cuando fueron otra vez Andrés y Eva con su hija, ya estaban las dos casas hechas. A Andrés y a Eva les encantó la sorpresa. Estuvieron allí un mes, y cuando volvieron a España, no le contaron nada a Justi de la sorpresa. Después de volver ellos a España, fue Justi para Costa Rica. Al llegar Justi, sus suegros le dieron la sorpresa, y le encantó, al igual que a Eva y a Andrés. Justi se quedó allí un mes con su madre en la nueva casa y fue con su madre de aquí para allá.

Justi conoció a una mujer joven, un poco menor que él. Se llamaba Astrid. Se vieron varias veces antes de que Justi se viniese para España, y la verdad es que a Justi le gustaba mucho esa mujer y a Astrid también le gustaba Justi. Cuando Justi se vino para España, quedaron en llamarse por teléfono, y así fue: cada semana, Justi llamaba a Astrid. Ella estaba muy contenta de haberlo conocido e hicieron una gran amistad, que con el tiempo se fue convirtiendo en amor; a distancia, sí, pero los dos empezaron a sentir amor. Al cabo de un mes se hablaban por teléfono todas las noches antes de irse a dormir. Aquello empezó a ser una buena relación a distancia.

Andrés vendió los cortijos de Granada y de Nerja, y fueron otra vez a Costa Rica a ver a sus padres. La niña de Andrés y de Eva tenía ya dos años y Eva estaba otra vez embarazada de cuatro meses. Cuando llegaron a Costa Rica y sus suegros vieron a Eva, se llevaron una alegría, y la pequeña Sofía estaba tan guapa y feliz, que los abuelos lo pasaron genial con su estancia. Al mes volvieron a España al Cortijo Raimundo, y luego se fue Justi otro mes. Cuando Justi llegó, vio a la familia primero, y luego se fue a ver a Astrid. Los dos se alegraron muchísimo de verse. Justi, en ese mes, estuvo casi todo el tiempo con Astrid y se hicieron novios formales. Justi le presentó a su familia a Astrid, y todos se alegraron de que se hubiera echado novia.

Astrid era muy buena. Justi le propuso irse a España unos meses; lo hablaron allí todos juntos en la casa de sus suegros. Astrid dijo que tenía que decírselo a sus padres y que al otro día les daría la respuesta, y así fue: al otro día, Astrid le dijo a Justi que sí, que se podía ir a España unos meses, y a los pocos días, se fueron Justi y ella para el Cortijo Raimundo. Llegaron, y Justi se la presentó a todos los del cortijo. Todos estaban muy contentos; la mujer cayó muy bien a todos y le cogieron cariño enseguida.

Eva se hizo muy amiga de Astrid, las dos estaban casi siempre juntas, lo pasaban bien en el cortijo con la niña Sofía. Estaba todo muy bien y estaban todos felices y contentos. Eva dio a luz a un niño y todos lo celebraron por todo lo alto; ya tenían la parejita. Andrés le dijo a Eva que quería que se llamara Raimundo, como su padre, y Eva aceptó. Le pusieron Raimundo, como su abuelo, y llamaron al abuelo para contarle que habían tenido un nieto y que le iban a poner su nombre. A Raimundo le dio mucha alegría.

Luego, Justi fue a Costa Rica porque Eva acababa de dar a luz y esta vez se cambiaron los turnos para ir allí. Además, Astrid quería ir para arreglar unos asuntos y casarse. Llegaron a Costa Rica, vieron a la familia y fueron preparando todo para casarse. Se casaron a las semanas de llegar, estuvieron de luna de miel en Colombia otras dos semanas, concretamente en Cartagena, y lo pasaron muy bien. Luego volvieron a Costa Rica para despedirse de los padres de Astrid y de la familia de Justi y se vinieron para España. Estuvieron un año en el cortijo sin ir para Costa Rica: Justi, con sus tareas del cortijo; y Astrid, con Eva y sus hijos.

Luego, Andrés, Eva y sus hijos fueron a Costa Rica para ver a los abuelos. Estuvieron un mes allí y en este viaje hablaron de por qué no se venían a vivir a Costa Rica. Andrés no veía mal esa idea y Eva tampoco, así que volverían a España y lo hablarían con Justi y Astrid para proponerles irse también a Costa Rica con ellos. Si lo veían bien, venderían el Cortijo Raimundo.

Volvieron al Cortijo Raimundo y Andrés y Eva hablaron con Justi y Astrid. Astrid no se lo pensó en cuanto le dijeron la propuesta: dijo que sí, y Justi no se lo pensó tampoco. Andrés propuso poner en venta el Cortijo Raimundo, y cuando se vendiera, se irían todos para Costa Rica, y así quedaron. Eva les preguntó a los padres y hermanos si se querían ir con ellos, pero le dijeron que irían a conocer aquello y ya se pensarían si quedarse o irse para Rumanía.

Al poco de poner el cortijo en venta, salió un comprador; un millonario que no tenía problema en lo económico. Andrés, como era abogado, llevó todo el asunto. Quedaron de acuerdo en el precio y en todo. Entonces vendieron el cortijo y se fueron todos para Costa Rica. Llegaron y se aposentaron: Justi y Astrid en su casa con la madre de Justi; Andrés, Eva y sus hijos en su casa y los padres de Eva y sus hermanos en la casa de los padres de Andrés. Así se acomodaron todos. Estaban todos muy contentos; a los padres y hermanos de Eva les gustaba mucho todo aquello. Raimundo les dio trabajo y les dijo que si se quedaban, construirían otra casa cerca para ellos.

Pasó un poco de tiempo y dijeron que se quedarían. Entonces Raimundo llamó a los que les habían construido las otras casas y empezaron a construir otra al lado.

Andrés y Eva llevaron a sus hijos a una escuela de allí, y Astrid le dijo a Justi que estaba embarazada. Cuando Justi se lo dijo a todos, se montó una gran fiesta para celebrar el embarazo de Astrid; todos estaban contentos. Los padres de Astrid iban y venían de su casa a la de su hija y estaban también muy felices de que su hija se hubiera casado con Justi. Cada día iba todo mejor.

Acabaron de hacer la casa para los hermanos y padres de Eva y se instalaron en ella. Ya cada uno tenía su casa. Los hermanos de Eva conocieron cada uno a una mujer y al tiempo se casaron. Raimundo les dejó construir una casa a cada uno.

Justi y Astrid tuvieron un niño y le pusieron José por el padre de Justi. Andrés y Eva tuvieron otro hijo y le pusieron Justi, y Justi y Astrid más adelante, cuando su hijo José tenía dos años, tuvieron una niña a la que pusieron Leonor, como se llamaba la madre de Andrés. Allí, en la finca de Costa Rica, ya había cinco nietos de Raimundo y Leonor, y los dos estaban muy contentos y felices. Pasaban mucho tiempo con sus nietos.

Andrés se buscó un despacho de abogado, Eva estaba al cuidado de sus tres hijos y Astrid al de sus dos hijos; las dos se juntaban mucho. Luego, se casaron los hermanos de Eva con las mujeres con las que estaban, y también se juntaban con Eva y con Astrid. Los hermanos de Eva, sus padres y Justi se dedicaban a los trabajos de la finca.

De vez en cuando, Justi se acordaba de Sofía, y pensaba que ella podría haber disfrutado todo aquello con él. La recordaba con mucho cariño. Un día Justi le confesó a su cuñado que él era el cazador de los picoletos. Andrés, cuando Justi se lo confesó, le dijo que no pasaba nada y que hizo lo que él mismo hubiera hecho; tuvieron su merecido. Le dijo que por él estaba bien lo que hizo y no se volvió a tocar el tema.

En Costa Rica estaban todos muy contentos y felices y así siguió la cosa. Justi y Astrid llegaron a tener cinco hijos y Andrés y Eva otros cinco. Los hermanos de Eva tuvieron cada uno cuatro hijos y se formó allí una gran familia. Todos se alegraron de haberse ido a Costa Rica y siguieron así por el resto de sus vidas.

www.ingramcontent.com/pod-product-compliance
Lightning Source LLC
LaVergne TN
LVHW050332160826
845677LV00014B/3597

* 9 7 8 8 4 1 9 8 2 7 3 1 9 *